信封里的民国系列

刘仕杰◎著

欲作家书
意万重

石油工业出版社

图书在版编目（CIP）数据

欲作家书意万重 / 刘仕杰著. —北京：石油工业出版社，2018.3
ISBN 978-7-5183-2206-0

Ⅰ.①欲… Ⅱ.①刘… Ⅲ.①书信集–世界… Ⅳ.①I16

中国版本图书馆CIP数据核字（2017）第261436号

欲作家书意万重
刘仕杰　著

出版发行：石油工业出版社
　　　　　（北京安定门外安华里2区1号　100011）
网　　址：www.petropub.com
编 辑 部：(010) 64523607　图书营销中心：(010) 64523633
经　　销：全国新华书店
印　　刷：北京晨旭印刷厂

2018年3月第1版　2018年3月第1次印刷
880×1230毫米　开本：1/32　印张：7.25
字数：130千字

定　价：38.00元
（如发现印装质量问题，我社图书营销中心负责调换）
版权所有，翻印必究

哀哀父母,生我劬劳

当我们第一次感受到父母老了,仿佛一夜间长大。时光匆匆,再也找不回逝去的那些年华,不由得叹一声时间都去哪儿了?

门前的老树一年年开花、凋落,却只能叹着"年年岁岁花相似"的物是人非。那一双双望向远方的眼眸,仿佛在期待,仿佛在哀叹,皱纹爬满的面庞,青丝换作了白发。

民国时期,烽火硝烟。一曲别离,两相生死,语言已经无法丈量疏远的距离。那一封封家书,寄托着无限的牵挂。一个个温暖的文字,似乎也被赋予了生命,将两颗心紧紧地牵在一起,带走了人世间的冷漠,冲刷了旅途中的尘埃。

父母之爱子,则为之计深远。民国时期不少著名文人,他们在中国历史上留下了浓墨重彩,在一个时代中铸就了传奇,但是当面对子女时,所有遥远的光环被亲情剥落,他们只是平凡的父母。为子女的教育,殚精竭虑,倾尽所有。

欲作家书意万重

历史上的民国,充满着破碎与变革,却也充盈着灿烂的色彩。正是在这个时代,人才辈出,家风家学也是源远流长。

亲情会让人收起锋芒,变得柔软。像六月里的一阵凉风,吹走了盛夏的炎热,带来舒适和清凉。"我若死,天地将为之变色,历史将为之改辙,那是不可想象的,万不会有的事!"梁漱溟被外界定义成固执傲慢,可谁知道他也是一位温和的父亲,他从不用严厉的话语责罚子女,从不计较得失,他赐予了孩子们完整的翅膀,任由他们翱翔。

丰子恺说,"我真心地爱他们:他们笑了,我觉得比我自己笑更快活;他们哭了,我觉得比我自己哭更悲伤;他们吃东西,我觉得比我自己吃更美味,他们跌一跤,我觉得比我自己跌一跤更痛……"亲情的柔软,其实就是陪伴,就是你的生活里总有我悄悄投下的身影。

可温暖而无私的亲情常常伴随着遗憾,亲情里的遗憾之处莫过于"树欲静而风不止,子欲养而亲不待",也许孩子对父母最大的回报就是减轻他们的牵挂。郭沫若对父母说"父母爱男,望勿时以男为念",不能在父母身边尽孝,已是不孝,怎敢再平添父母更多的牵挂。

人们常常为了自己的理想,背上行囊,远离故乡。在民国时期,战乱不断,思想得到净化的文人,怎么可能苟且眼前的生活？"忠孝二途，本非相悖，尽忠即所以尽孝也。"闻一多似乎很好地解决了两者之间的矛盾，他将对父母的恩情全部投向国家，可是多少独在异乡的日夜不曾思念远方的爹娘？陶行知将为母亲祝寿的钱投入教育，而为母亲做了一碗长寿面。父母对子女最大的期盼就是有所作为，不虚度时日，他们做到了，便是尽孝。

也许亲情的最伟大之处就在于成全。纵然有千般不舍，也会铺平你前进的道路。亲情不同于爱情，它不需要苦心经营，它常常默默地陪伴在人们身边。萧红一生是凄苦的，年幼失母，为了逃避包办婚姻，尝遍人世冷暖。可是弟弟似乎成了她生命中的一缕暖色，在她病重时，心中还有小小的牵挂，等待着弟弟的来信，一等就是四年。"寄书常不达，况乃未休兵"，残酷的战争，隔断了多少人家。这些有幸保存下来的书信，承载着一个时代的亲情，它有一股神奇的力量，传承着血脉相通的隽永。翻开这些书信，拾回那些不小心被搁下的亲情吧！

目录 CONTENTS

第一章 一曲离愁，两相别离 / 1

向警予致父母：我们是廿世纪的小孩子 / 3

冼星海致妈妈的信：孩子永远祝福您 / 16

胡适给儿子胡祖望的一封信：努力做一个好孩子 / 30

第二章 十月胎恩重，三生报答轻 / 45

郭沫若致父母：父母爱男，望勿时以男为念 / 47

闻一多致父母亲：尽忠即所以尽孝也 / 60

陶行知给母亲的信：立志教育，不虚度时日 / 73

第三章 剪不断，别是一番滋味在心头 / 87

潘漠华致潘纳：给霖弟 / 89

梁启超致子女：给我的孩子们　/ 104

瞿秋白致女儿：给独伊　/ 118

第四章　重重山河，莫忘几行书　/ 133

丰子恺致儿女：给我的孩子们　/ 135

梁漱溟致梁培宽、梁培恕：寄宽、恕两儿　/ 149

何叔衡给儿子的信：人当自力更生　/ 163

第五章　一生飘零，莫若弗亲　/ 177

萧红：九一八致弟弟　/ 179

老舍致胡絜青：代我吻吻儿女们　/ 194

韦素园致德富：真诚无伪，面对人生　/ 208

第一章

一曲离愁，两相别离

向警予致父母：
我们是廿世纪的小孩子

溆水悠悠，千载恒流，水声呢喃，仿佛在永不疲倦地诉说着一个个充满传奇的故事，故事中没有壮烈山河，却是一片赤诚丹心！向警予，就是流传在溆水两岸的传奇英雄。

1895年9月4日，在湖南溆浦县城关镇西街的一个商人家庭里，一个女孩呱呱坠地，这个女孩就是向警予，因在家中排行第九，所以小名也被唤作九儿。

向警予虽出生在商人家庭，由于家庭对知识的重视，她识字较早，五岁就开始了断文识字，在八岁的时候进入学堂学习，成为当时溆浦县城内第一个上学的女孩。

童年时期的向警予就非常喜欢读《木兰辞》，对其爱不释手，经常在灯光下和同伴们朗诵《木兰辞》，每每这个时候，内心就仿佛有一种异样的情怀在胸中滋生，让她觉得热血沸腾，渴望着自己将来也能像木兰一样报效祖国，为国出力，也许就是从小积淀下来的这种抱负，让向警予更加明白自己的人生方向。

或许是命运使然，又或许是从小的目标，后来的向警予确实走上了一条革命道路，为中国的革命事业洒下最后一滴鲜血，将自己的名字载入了史册，在历史的长河中熠熠闪烁。有的人死了，但她依旧活在千千万万中国人的心中，向警予就是这样的伟大的女性。

1920年，辛亥革命刚刚结束不久，时局极不稳定，无数的革命志士在为中国的未来出路而不断奔波，其中就有向警予，只是当时的她并不在国内，而是在法国。

1918年，国内爆发一股赴法勤工俭学的浪潮。在湖南，蔡和森首先发起了赴法留学运动，得到当时很多进步青年的拥护。1919年10月，在蔡和森的鼓励下，向警予在周南女校组织成立勤工俭学会。两个月后，向警予、蔡和森等人在上海的杨树浦码头登上了开往法国的邮轮，开始了漫长的赴法旅程，这段为了同一个梦想的旅程，终于收获了理想与爱情。

望着一碧如洗的大海，心中激情澎湃，对未来生活的美好憧憬，对革命道路的深沉思索，让这两人不由得在船上合写了一首名为《向上同盟》的诗，后来这首诗在两人的婚礼上被朗诵了出来，宣誓着两人共同的革命情怀和信仰。

蔚蓝的大海时而平静，时而翻滚。两人靠在桅杆上，望着云卷云舒，身在异乡的日子，让他们成了彼此的依靠。蔡和森的陪伴冲淡了向警予对家乡的思念之情。

到达法国后,他们很快就投入了革命事业中。在法国勤工俭学的向警予已经成了一名成熟稳重的革命战士,她聪慧热烈,果敢坚毅,但无论何时,在家人面前她永远都只是一个孩子,一个思念亲人的孩子。在赴法之前,向警予曾孤身一人前往北京寻求赴法勤工俭学的机会,虽然父母不忍心女儿独自一人去冒险,但是仍然支持她。

大年除夕之日,她一人独自在京,给家乡的父母写了一封信。信上说道:"旧历年关已届,佳节思亲,曷胜怅惘!"思家之心,溢于言表。而一年后,她果真远渡重洋,离开祖国,远赴法国留学。此后,只能在异国的土地上望着天上的明月,遥寄自己的思念。

碧波荡漾的海水犹如那滔滔不尽的思乡之情,东流直下,奔腾着向东方那古老的国度,回到自己的来处。思家念家,心中牵挂,只能用这薄薄的纸张寄托着无限的深情,让它来到双亲的身边,告诉他们自己一切安好,然后继续自己未完成的事业。

初到法国的向警予法语不是很好,为此,她只能每天用大量的时间来学习法语。在进入蒙达尼女子公学后,向警予开始广泛的阅读来了解马克思主义的著作,读完了法语版的《家庭、私有制和国家的起源》《共产党宣言》等书籍,并深入地接触了法国的工人阶级,受到了巴黎公社斗争传统的影响。与此同时,虽然远在重洋,但她依旧对国内的形势高度关注。

为推动国内妇女的进一步解放,她在李大钊的《少年中国》上发表了题为《女子解放与改造的商榷》的文章,将社会的改造和妇女的解放作为一个整体来看待。1922年向警予回国后,积极地投入到了妇女解放的运动中。

作为一个在旧式家庭中成长起来的新式女性,向警予在开明的家庭里并没有受到旧式太过教条的对待,她从小就读书识字,是当地县城里第一个入学的女孩子。对于家人,她充满了感恩,如果不是他们的宽容和开明,或许自己会像其他的女性一样依旧被牢牢地束缚在封建旧式的家庭里,过着没有自主的生活,更不用说接触民主革命,走上属于自己的快意人生,也不会有勇气去冲破旧式包办婚姻的传统,远赴法国并在那里找到属于自己的真爱,谱写出一段"向蔡同盟"的爱情佳话。

但她并没有仅仅只是满足自己的自由,她看到了更多在黑暗中被禁锢住的中国女性,她们在挣扎,却苦于没有出路。她愤怒了,沸腾了,她决心要用自己的力量来推动妇女的解放,心怀着革命理想的信念,燃尽血肉之躯只为在黑暗中点燃一盏亮灯,为后来人照亮前路。

在向警予的心中,家,不仅是生她育她的地方,也是放她展翅飞翔、自在遨游的地方。对于家,向警予充满了深沉的眷恋,对于家中的亲人,向警予有着深深的思念,以致她将双亲的照片放置在床头,每天早晚各看一次。

脱去革命战士的外衣,她就像一个恋家的小女孩,会在信中对着父母撒娇,将自己的想念坦诚地告诉他们。在向警予被捕入狱的那段时间里,向警予曾说道:"父亲最爱我了,可是我拿什么来报答他呢?"从始至终,向警予都从未忘却对亲人的感恩,如果没有他们在背后的默默支持,或许也就没有那如夏花般绚烂绽放的向警予。

在父母的眼里,向警予不是一个坚强的战士,而是一个弱小的孩子。他们对她的安全充满着担忧,但是又不能阻隔她的理想。可怜天下父母心,一生为子女操碎了心。

在法国勤工俭学期间,向警予收获了自己的革命爱情。在离家之前,她抗拒了家里原本给自己包办的旧式婚姻,毅然决然地远走他乡。在踏上开往法国邮轮的那一刻,为了革命事业,她还抱定了要一生不婚的打算,同样,蔡和森也是不婚主义者,想为革命奉献终身,却不知那一刻爱情已经悄然降临。

然而,命运却总是那么玄妙,在你毫无防备之中就萌生出一段美好的感情。在去法国的一个多月的海上旅途中,向警予和蔡和森两人产生了异样的情愫,这让原本持有"不婚主义"态度的两颗心裂开了一道细缝。到了法国后,两人好感与日俱增,在共同的革命情怀下,两人公开恋爱并步入了婚姻的殿堂,在法国的蒙达尼学校举行了婚礼。

1920年5月,向警予和蔡和森在蒙达尼结婚。婚礼在学校的一间板房里举行,虽然简单但却温馨。当时一共有十几个同在法国留学的中国青年参加了两人的婚礼,热烈的祝贺他们冲破旧式的婚姻包办而自由结合。

那时候向警予知道了革命和爱情是不冲突的,它们甚至可以融为一体,汇聚成更大的力量。

在婚礼上,向警予和蔡和森一起朗诵了他们共同编写的《向上同盟》的诗册,后来,向警予和蔡和森的结合也就被人称为"向蔡同盟"。婚后,两人给国内的亲人寄去了自己的结婚照,照片上两人并肩坐着,一本《资本论》被摊开在两人的手上,显示了两人结合是建立在相同的信仰基础之上的。

同年八月,向警予给父母去了这封信,信被写在一张明信片上,封面是两个可爱的外国小孩。信不长,但自有一股感恩喜悦徜徉其中。

"爹爹妈妈呀,我天天把你两老人家的相片放在床上,每早晚必看一阵。前几天早晨,忽然见着爹爹的笑容，心里欢喜得了不得。过一会儿，便收到王哥的平安家报。今天晚上九点钟从世界工学社旁听回来，捧着你老人家的像一看，忽现愁容，两个眉毛紧紧地锁着，左看也不开，右看也不开，我便这样说："我的爹爹呀，不要愁，你的九儿在这里，努力做人，努力向上。总要不辱你老这块肉与这滴血，而且这块肉这滴血还要在世界上放光明。"

此时的向警予坚信自己找到了一辈子的真爱和依靠，她忍不住要和国内的父母分享这个好消息，让他们为自己感到高兴，她写道："和森是九儿真正所爱的人，志同道合。这画片上的两小也合他与我的意。我同他是一千九百廿年所生的新人，又可叫作廿世纪的小孩子。"

婚后的向警予和蔡和森两人积极投入到了革命事业之中，他们组织成立了新民学会，并在1920年7月6日至10日召开的会议上确定了学会的方针，即"改造中国与世界"，将社会主义作为自己革命道路的指导方针。

此时的向警予已经是一名信仰坚定的共产主义战士，因而后来在面对敌人的威胁和恐吓时，她无畏无惧，心甘情愿为自己的信仰付出年轻的生命。"我自横刀向天笑，去留肝胆两昆仑。"

多年后，谭嗣同的这两句诗成了向警予生命最好的脚注。

由于教会的刁难，中国青年在法勤工俭学的生活并不尽如人意，失业不算，很多人开始饥一顿饱一顿，这种情况下，人心容易涣散。于是，向警予和蔡和森以及李立三等人又另外发起成立了具有无政府主义倾向的勤工俭学励进会，向警予在信中写到的世界工学社便就是这个组织。

向警予在这个组织中威信很高，她待人热情，照顾组织里的成员就像照顾兄弟姐妹一样，她有着出色的演讲才能，总是能说出一番大道理来教育人，后来在党内被人亲切地称为"祖母"。

1921年，向警予领导勤工俭学的同学们发起了两次斗争，一次是反对当时的北洋政府驻法公使馆。当时，华法教育会拒绝给留法的中国青年发放救济金，甚至对他们进行人身污蔑，这在赴法勤工俭学的学生中引起了极大的骚动。

向警予作为学会的代表参加了请愿斗争，并在公使馆内进行了一番说理斗争，最后以华法教育会的妥协而告终。不久后，里昂中法大学建立，原本应该要招收部分留法学生的，学校却从国内招收了一批富家子弟入学，将勤工俭学的学生都排斥在外，并且北洋军阀政府驻法公使馆宣布停止给勤工俭学学生发放费用。于是，向警予再次站了出来，为进驻里昂大学而斗争。

在法国勤工俭学的两年时间里，向警予夜以继日地工作和学习，她希望将来回国的时候能用自己的所学为革命出力，尤其是为妇女的解放而努力。这样一位全心全意投入革命事业的新时代女性，在内心最柔软的深处，深深地埋藏着对家人的思念之情，为了革命事业和学习，她只能将思家之情深藏心中，偶尔在家信中吐露。心有千千结，忧思不能忘，青山语白云，鸿雁寄家思。

独在异国他乡的人，周身都是陌生的建筑，哪里还能找寻出一点家乡的影子，一点亲人的气息，那些在身边脚步匆匆而过的人，即使脸上依旧绽放着微笑，可是却怎么也温暖不了内心的一处地方，那里只有亲人才有开启的密钥。

无限的思念只能凝结在心里，凝结在眼神中，凝结在那小小的相框里。每逢早晚凝看一次，就仿佛亲人就在眼前，看着那眉眼，似乎正在动，诉说着他们的哀愁喜乐。当自己开心时，他们就眉眼带笑，当自己烦恼时，他们就面色哀愁，虽不在一处，却心意相通，因为这是融汇在血脉里的深沉的亲情。

青山无语，浮云遮眼，只剩那飘荡在天地之间的清风没有年岁地吹着，为遥远的游子捎去一份家思，一份深沉的挂念。俗话说："儿行千里母担忧。"可游子千里之外又何尝不是心忧双亲，夜不成寐呢？风无语，夜寂寥，唯愿亲安好。

1922年回国后，向警予正式成为中国共产党的一员，先后出席了党的各种会议，担当中央委员，并担任中央妇女部部长。

毛泽东曾说向警予是"唯一的一个女创始人"。向警予便是当代的木兰，巾帼不让须眉，她身先士卒，深入到女工中，领导和组织了上海闸北丝厂女工和南洋烟厂的大罢工，成立了妇女解放协会。

1927年，在白色恐怖的威胁下，向警予没有退缩，依旧战斗在革命的最前沿，主编了《大江报》。1928年3月，由于被叛徒宋若林出卖，向警予在法租界被逮捕，之后，被引渡到武汉卫戍区司令部军法处监狱。

面对反动派严酷的刑罚逼供，向警予对中国共产党的秘密一字不说，反动派威胁向警予说，已经查明她就是中国共产党，面对敌人的淫威，向警予说："要杀就杀！至于我是不是向警予，没有多大关系，横竖你们都是屠杀人民的刽子手！革命者不会在你们的屠刀下求生。等着吧，你们的末日，就在明天！"

监狱里的向警予知道自己再也逃不出这个牢笼，既然选择了这条道路，就得风雨兼程地走下去，就得意识到自己的处境。向警予此时最大的遗憾就是对自己的父母，她多么想念那个疼爱她的爹爹，这个黑暗的监狱阻隔了她与外界的联系，不知道家中的亲人是否安好。

被折磨得鲜血淋漓的向警予有时恨不得立刻死去，有时候还抱着一丝牵挂，多想最后再见见家中的亲人，告诉他们这世的恩情得等到下世才能还。

　　向警予的誓死不屈终于惹怒反动派，他们不能容忍这样忠于敌派的人活下去，因为会增加他们的恐惧，这大概就是反动派自身就能意识到自己的危机吧，也意味着中国共产党必定取得最后的胜利。看到敌人急于判她死刑，向警予反而更加高兴，因为她看到了革命的希望，牺牲自我，成就千千万万的人，无论怎么计算也值了。

　　判处死刑的日期一天天来临，满身伤痕的向警予望着小小的天窗，看着天空自由翱翔的鸟儿，偶尔一两只洁白的信鸽飞过。是的，她又想家了，想到美丽的湘西，那里有她挚爱的亲人。她对他们亏欠太多，因为将自己奉献给了祖国，也许就要抱着这丝遗憾离开了。

　　1928年5月1日，天空被阴霾笼罩，预示着这是一个悲壮的日子。这天，向警予起得很早，她特地换上那件在法国结婚时穿过的油绿色旗袍，平时都舍不得穿，整整齐齐地把它叠放在箱子里，穿上它就想起了年轻时和蔡和森的理想，终于要带着两人的理想离开了。走到铁窗前，她默默地注视着天空。不知道家乡的天气怎样，亲人是否知道了她的不幸。

　　或许，她更多地还是希望亲人不知道的好，就当她这个人默默地从这个世界消失了。但是向警予想不到的是，她死后，她的事迹传遍了整个中国,她的名字深深地镌刻在历史上。

5时零5分,牢门的铁链被打开,一匪徒大声喊叫向警予的名字,就像一群索命的魔鬼,张牙舞爪地扑向她。向警予神色自若,嘴角挂着微笑,因为对中国革命的信心,她从容走出牢房,走向刑场。

沿途街上,挤满了围观的人群。围观的人中有小孩,向警予看着那些孩子,想到了自己的孩子,他们是祖国的未来,但是围观的人眼睛里面流露出来的是麻木,他们不知道革命,只知道现实生活。

向警予奋力高喊,做了最后一次演讲:"我是中国共产党党员向警予,为解放工农劳动大众,为中国革命奋斗,流血牺牲!反动派要杀死我,可革命是杀不完的!无产阶级团结起来,反动派的日子就不会太长了!"她想用自己的声音唤醒那些人们,哪怕力量微弱的人们,那些不知世事的孩子,那些安于现状的百姓。

向警予的呼喊让反动派感到危机,宪兵慌忙扑上去,拳打脚踢,为了阻止她开口。向警予使劲挣脱束缚,头向前面一昂,她希望自己的死能换来一些群众的苏醒,向警予奋力高喊:"打倒国民党反动派!中国共产党万岁!"残暴的匪徒掐住向警予的脖子,抓起地上的石块塞进她的嘴里。

第一章　一曲离愁，两相别离

"一点一滴的血都应该为我们的红旗而流"向警予坚持着自己的理想，从没有偏离革命的道路，她没有看到革命的胜利，却能预见革命的胜利。

枪声响了。向警予，年仅三十三岁。她还那么年轻，年轻得像个孩子，勇敢得像个战士。向警予的亲人在满怀悲痛时，也以她为傲，"愿我同学做好准备，为我女界啊，大放光明！"

当晚，海员工人陈春和冒着生命危险，用小船将向警予的遗体运过汉江，埋葬在古琴台对面的六角亭旁边。没能回到故乡，大概是向警予最大的遗憾，但是她终于可以回到最疼爱她的爹爹的身边，来生可以在和平的世界奉养双亲。

也许当我们感叹历史留下的每一个烈士的名字如此响亮时，而他们的父母却只认为他们还是个小孩子。

冼星海致妈妈的信：
孩子永远祝福您

有一个人，他早年远渡重洋，只为学成归来报效祖国；有一个人，用自己修长的手指谱写出一个个激昂的音符，在抗日救亡的年代里汇成一曲曲气荡山河的高歌；有一个人，英年早逝，客死他乡，至死都不忘驱逐敌寇，收复河山。他就是冼星海，一个有着赤子之心的爱国音乐家。

他爱国，也爱家，祖国母亲是他一生为之奋斗的力量和信念，而家中的母亲，则是他一生都割舍不掉的牵挂，是他无论走多远，受尽多少磨难，只要一回首就能看见的身影，是他背后默默支持的爱的源泉，也是家中的母亲成就了他更广博的爱。

小时候，在父亲染病去世后，他跟着母亲两人相依为命，因此母亲在冼星海的生命中同时扮演着父亲和母亲的角色。生活虽然清苦，但有母亲陪伴在身边，年幼的他依旧觉得自己的生活充满了幸福。母亲坚强的性格和对生活的不屈服让冼星海也能勇敢战胜一切困难，投身自己的理想事业。

从小为了生存，他随母亲四处辗转，七岁那年最终搭乘一艘海轮去了新加坡。船上大多都是富家子弟，而出身贫寒的冼星海受尽了别人的白眼和歧视，每当他看到眉眼微笑、一脸温柔的母亲时，所有的委屈和不快都消失殆尽。他知道母亲所承受的委屈远远胜过他，他又有什么好抱怨的。

在空气恶劣、人员混杂的四等舱里，冼星海和母亲整整待了一个月。富人舱的人可直接上岸，但是穷人却要被送到一个孤岛上注射疫苗，以防止携带病毒，这种检查要求脱光衣服。面对这种非人的侮辱，一位年轻的姑娘跳入大海结束了自己的生命。冼星海的母亲是他最大的支柱，母亲的坚强也让他更加坚强。那时候小小的冼星海自尊心也很强，他发誓要让母亲过上好日子，这种受屈辱的日子很快就会过去。

后来，几经波折，冼星海和母亲在一富商家里当佣人，正式在新加坡安顿下来。对于孤儿寡母来说，稳定的生活就足够了。在新加坡的日子，冼星海经常帮助母亲干一些杂活，还担当小主人的陪读，陪着小主人学习、打球，因此冼星海也学会了打网球。这段日子由于主人宽厚仁慈，冼星海和母亲都过着安稳的生活，这也是冼星海和母亲相处时间最多的时光。

1918年春，发生了一件改变冼星海命运的事情。因为擅长箫笛，具有很好的音乐天赋，冼星海被广州岭南大学的创始人，同时也是著名教育家的钟荣光慧眼识中，同意他免费进入岭南大学的华侨班学习。当时钟荣光去新加坡筹集办学经费，冼星海的一生也多亏这位伯乐，否则出身贫寒的他怎么付得起昂贵的学费。

那时候的冼星海只有十四岁，这是和母亲在新加坡生活了七年之后，冼星海首次告别母亲，独自一人踏上了返乡的路程，再次回到了阔别多年的家乡广州。七年前，他和母亲从这儿离开，为谋生而寻求出路。现在，他独自一人归来，为未来的前程而努力，第一次远离母亲，冼星海的心里五味杂陈。

身边少了母亲的陪伴，少了母亲的亲切唠叨，少了母亲那慈爱的眼神和关怀，这让冼星海觉得心头泛起了一股难以言语的忧愁。他不舍母亲，怀念即将过去的日子，对未来充满了迷茫，内心的无助让他几乎忍不住想要再次回到母亲的身边。

但当他触及母亲黄苏英那双带泪的眼睛时，心中震动了，母亲的眼里更多的是对他的期盼，他怎能辜负这份深情，他毅然决然地踏上了开往广州的轮船，开始了自己求学生涯。而他不知道的是，此时一走，便过上了漂泊无涯的动荡生活，他和母亲聚少离多。千山万水，不能跨越，唯有鸿雁传书，寄托思亲之情。

在华侨班读书时的冼星海，学习十分刻苦，远远超过班里常常鄙视他的富家子弟，经常获得奖学金的冼星海又升入了岭南大学文科进行半工半读。为了能够照顾母亲，冼星海毕业后便托友人将自己的母亲从新加坡接回广州，住进了岭南大学教职工宿舍。木板房的宿舍十分简陋，但是母子重逢又是无比的喜悦。黄苏英看到儿子没有辜负自己的期盼，心里也十分高兴。

此后，为了进一步提高自己的音乐水平，冼星海又辗转到北京、上海求学。

1927年，冼星海在上海国立音乐学院深造学习时，因为参加进步学生的运动而被开除学籍，他便想出国留学。当时他已经将母亲从岭南大学接到了上海，谁知没多久母子又面临一场别离。

为了能照顾母亲，冼星海便把母亲托付给上海国立音乐学院一位女同学，那位女同学家庭条件优越，正好需要一位女佣，因为冼星海知道母亲是闲不住的。

这次的分别不同于以往，两人不再是千山阻隔，而是重洋险阻。从幼时贪恋母亲的怀抱，到如今不得不独自面对人生，冼星海唯有掩藏起心中的苦闷和不舍，他深知，国若不国，家将不家。

他渴望在中国革命的征途途上贡献一份自己的力量，让更多的人民不再处于战争和贫困当中，不再如自己一般背井离乡，远走他乡。可以开心舒适的和母亲住在一起，每天茶余饭后话话家常，看旭日东升，夕阳西下，一家人享受静谧安宁的生活。所以，尽管心中万分不舍，冼星海还是踏上了出国的旅途，将母亲那深情眷恋的眼神留在了身后，留在了那碧波荡漾的大海的另一边。

在巴黎艰辛求学的日子里，冼星海只能勉强果腹度日，对祖国、对母亲的思念成了他继续学习和生活下去的巨大动力。

在巴黎，冼星海扫过厕所，在酒吧为客人拉过小提琴，在饭馆当过杂工。每次做完繁重的工作后，他便躲在一角开始练习自己的小提琴，冼星海从小吃过苦，所以意志力早已超出一般人，也正是逆境培养出了这样一位音乐大师。

冼星海的勤奋和天赋，使他很快崭露头角，他创作的女高音独唱歌曲《风》，震惊了当时法国音乐界。谁也没想到这位瘦弱的中国青年在音乐上有如此超凡的天赋，他被引荐到法国巴黎的音乐圣堂——巴黎音乐学院继续深造。

冼星海一直没有让母亲失望，他的每封信都能让母亲眉开眼笑，他是她的骄傲，再苦再累母亲都能承受，只期盼身在异国他乡的儿子能够平安健康归来。

他曾经在写给母亲黄苏英的信中这样写道："亲爱的妈妈：您好！为了祖国的音乐事业，我们母子二人付出了艰辛的代价，只待我学成归来，报效祖国……谢谢妈妈为儿做出的巨大牺牲……"千言万语，千辛万苦，都在两人见面的刹那化作了滚滚的热泪，流入两人的心田。

第一章 一曲离愁，两相别离

1935年的春天，为了回到母亲身边报效祖国，冼星海婉言谢绝了巴黎音乐学院的留校聘请。冼星海从巴黎回国，与阔别多年的母亲相见后，他那颗坚韧刚强的游子之心再也按捺不住，除了哽咽哭泣，已经没有任何语言能表达此时的心情。在抱住母亲的瞬间，他感到了心的跳跃，从未有过的轻松和安稳涌上心头，他知道那是母亲给予他的独一无二的爱，是他在世间最眷恋的温暖和气息。

但母亲单薄消瘦的身体又让他心酸无比，他在巴黎生活窘迫，根本没法接济母亲，母亲也从不向他诉苦，只每次在信中叮嘱他保重身体，一切平安。可如今真切地感受到母亲的衰老和体弱，他才知道出国这么多年来，母亲过着怎样一种牵肠挂肚的生活。

或许，她每天都会静静地站在门外的小道上驻足向西凝望，希望能看到一抹熟悉的身影从路的尽头飞奔过来，然后一头扑进她的怀里，亲昵地唤她："妈妈。"

或许，她每晚都辗转难眠，透过窗户望着天上的明月暗自垂泪，挂念着万里之遥的儿子，希望他健康平安……冼星海不敢再深想，他唯有抱紧母亲单薄的身体，然后任凭男儿的热泪洒落而下，打湿两人的衣襟，尽情释放游子的思亲之情。

回国时，冼星海曾做过各种设想，都是他和母亲开心快乐生活在一起的场景。对未来,黄苏英在儿子回到身边的那时也做了美好的憧憬。然而,世事残酷,在兵荒马乱、战火纷飞的岁月,何处才有两人的安身立命之所?国破山河碎,黎民百姓苦。

祖国还是那样落后而贫穷,而国外已经是一片繁荣的景象。在国民党蛮横而黑暗的统治下,百姓生活在水深火热之中,更别说安心于教育,连安定的生活都难以满足。

冼星海心中那颗报效祖国的心火热地跳动了起来,他想到了母亲为自己所承受的苦难,如果战争不结束,他将继续和母亲过着动荡漂泊的生活。现在他可以租一架旧钢琴来为学生授课而勉强维持生活,但随着战争的持续,未来的日子又该怎么办?祖国一旦沦陷,他和母亲的家还存在吗?为了祖国,为了母亲将来的安定,他选择了再次出发,用自己掌握的音乐力量来凝聚更多人群。

为了唤醒人们的救国救亡的意识,他开始创作抗日救国歌曲,慢慢地冼星海的名气传播出来,地下党组织和文艺界进步人士与冼星海取得联系,冼星海真正加入了中国共产党。

1937年,卢沟桥事变发生后,冼星海立即加入到上海抗日救亡演剧二队,开始奔赴全国各地参加抗日救亡运动。在国难当头之际,冼星海义无反顾地投身抗日运动之中,他将和母亲分别的巨大痛苦强忍在心底,奔赴抗日战争的前沿。

第一章　一曲离愁，两相别离

母亲黄苏英并没有强留下儿子，反而积极支持他，让他能安心地投身抗日运动，用自己手中的音乐作为尖锐的武器，刺入日寇的心脏，让阴云密布的中国土地上能升起一片祥云。她为祖国献出了唯一的儿子，把他送到抗日的前线，让他的音乐之声响彻在中国抗日的战场之上，铸就了一段不朽的传奇。

冼星海是个孝顺的孩子，当他远离上海，离开年老的母亲时，心中有过彷徨和茫然，他不知道年迈体弱的母亲孤单一人在上海将怎样生活。甚至，他想过秘密地潜回上海，将母亲接出来，跟自己住在一起。

可是，烽烟四起，炮声轰鸣，交通断绝，他无法再回到那个如孤岛般被隔绝的上海，他只能遥寄思念，用一封封书信带去自己的问候，希望母亲平安。他无数次在心中默默地惦念着，等战事一了，一定要尽快赶回母亲的身边，那么多不在她身边的日子，只能用余生来偿还。

黄苏英虽然心中也对儿子思念不已，但她知晓大义，明白儿子正在为国出力，为抗日救亡运动而奋不顾身。她知道暂时和儿子的分离是为了让更多的母子团聚，等到国家和平之时便是和儿子相聚之日。

这个善良的女人，一生为生活忙碌，她将自己全部的希望都寄托在了儿子身上。她见过太多的黑暗和残暴，她明白儿子口中所说的敌人，她也知道中国目前正处在怎样的境地，所以，她放手了。她放飞了自己唯一的儿子，让他展翅飞翔，去做自己该做的事，去实现自己的理想和信念。

她心中满是酸涩，为自己也为那在远方的儿子，他们受尽苦难，原本以为是幸福美满的生活已经不复存在。在中国这片满目疮痍的大地上，他们已经找不到一个安稳的家。因而，酸涩之余，她心中又充满了感动和自豪，她的儿子终不负她所望，成长为一名优秀的进步青年。

上海"八一三"事变之后，冼星海积极参加了上海救亡演剧队，跟随救亡演剧队一路到江苏与河南等地演出并宣传抗日。1937年10月3日，冼星海抵达武汉，他在武汉发动了十余万人包括群众和学生在内的火炬歌咏大游行活动，场面蔚为壮观。国家的生死存亡、民族的巨大危难、大众的贫困疾苦，都激发了冼星海强烈的创作欲望，他一边创作和谱曲，一边宣传与游行。

如《救国军歌》《在太行山上》《起重匠》等作品就是在那时完成的。这封信就写于冼星海在武汉抗日游行期间，信中向母亲解释了自己离开上海的缘由和将来的打算，一颗报效祖国的赤子之心跃然纸上。

第一章 一曲离愁，两相别离

妈妈：

上海"八一三"的炮声使整个中华民族有血气的民众觉悟了！团结了！目前我国国土布满着敌人，每一个中国人都免不掉危险，当我还没有忘记六年前的三千万流民的印象的时候，如今又遭遇到更大的浩劫，更残忍的屠杀了。在这关头，我们每一个中华民族的国民再没有第二句话，只有"保卫国土来参加这伟大而神圣的战争"！我们并不赞颂战争，可是没有战争，或许就不能发现人类的真理，没有战争，就失掉自由和博爱的存在！

亲爱的妈妈，我是在上海开火后五天离开那素称安逸的上海的。沿一条弯曲的苏州河向前进。一路上也都是四处炮声，头上也都是敌机盘旋。同行十四人一样地不顾一切向前，为着踏上一条大路，竟没有顾到目前所坐的一只拖篷小船的臭味和肚里的饥饿。但妈妈，您得明白我们并不是逃难，我们十四个都是救亡的勇士，虽然还没有实现我们预期的愿望，可是我们每一个人都明了自己对国家应负的责任。……伟大的先驱告诉我们"没有破坏便没有建设"，只有赶走了敌人才是我们唯一的出路！

欲作家书意万重

现在我已到武汉了,并且不久又快去重庆。在这无定的漂流生活中,虽然也为着国家宣传救亡工作,但遇到像今天晚上的漫漫的黑夜,那凄凉冰冷的四周,我好像耳边有无数的失去了儿子的母亲,和失去了母亲的儿子在哀诉。那不能告诉人的潜伏般的音乐,很沉重地打我,使我不能不又想起了我唯一的您——妈妈。……我不时都在妈妈面前说过,我不是一个自私自利、自高自大的音乐家,我要做生存社会当中的一个救亡伙伴,而且永远地要从社会的底层学习。

……

别了,亲爱的妈妈,祖国的孩子们不愿忍受做没有祖国的孩子的耻辱,让那青春的战斗的力量支持那有数千年文化的祖国。我们在祖国养育之下正如在母胎哺养一样,为着要生存,我们就得一起努力,去保卫那比自己母亲更伟大的祖国。

妈妈看了这封信以后,我想,在您有皱纹的脸上也许会漾出一丝安慰的微笑吧。

再见了,孩子在征途中永远祝福着您!

第一章 一曲离愁，两相别离

在这封写给母亲的信中，冼星海详细地向母亲讲述了自己离开上海的行程和经过。他时而热血沸腾，时而义愤填膺，时而云淡风轻……他将自己报效祖国的最真诚的一面展现给了爱他、关心他的母亲，却又将对母亲的牵挂和自己险象环生的困境隐藏了起来，这是冼星海内心最柔软的深处。

"我们就得一起努力，去保卫那比自己母亲更伟大的祖国。"冼星海希望得到母亲的支持，他即将把最大的精力交给祖国。这里面却包含着一丝丝歉意，母亲啊，日后我可能不能常常地陪伴在你的身边，这是为了千千万万的母亲和儿子团聚。

他不愿母亲再为自己担惊受怕，牵肠挂肚，他希望用革命的壮烈豪情来感染母亲，冲淡她心中那份思念，让她知道自己正在为国出力，做着最有意义和有前途的事业。他希望看到母亲布满皱纹的脸上露出欣慰的笑容，那是对他最大的鼓励和肯定。

> "别了，亲爱的妈妈，祖国的孩子们不愿忍受做没有祖国的孩子的耻辱，让那青春的战斗的力量支持那有数千年文化的祖国。……妈妈看了这封信以后，我想，在您有皱纹的脸上也许会漾出一丝安慰的微笑吧。再见了，孩子在征途中永远祝福着您！"

深情的呼唤和话语，凝聚了冼星海对母亲黄苏英最深沉的爱。倘若清风有言，一定会为冼星海送去最美好的话语，将他那些未曾说出口的祝福带到他时刻挂念的母亲耳中，让她知道，她远在千里之外的儿子对她爱得多么深沉。

1940年冼星海奉命赴苏联考察，并为在延安拍摄的影片《延安与八路军》配乐。黄苏英终归没有等待革命的胜利，看到儿子功成名就，孤苦伶仃地在上海带着对儿子的无限思念与惆怅离开了人世。可是作为伟大的人民音乐家的母亲，黄苏英也感到足够的自豪。

知道自己将不久于人世，在临终前她仍念念不忘儿子星海，还留下两包东西托人转交她的儿子星海，包里有星海的两支破旧钢笔和大量音乐作品的手稿。原来她将儿子的所有东西都很好地保存下来，哪怕是一张已经作废的纸。这种场景多么熟悉啊，儿子随时丢弃的书稿，身后的母亲默默拾起，然后铺平，她怕孩子有一天还用得上。

黄苏英这个名字多么平凡，它很快被历史的波浪淹没，直到人们查阅冼星海的档案才恍然大悟，原来每位成功的孩子背后都有一位伟大的母亲。她像中国千千万万的母亲一样，既平凡又伟大，她一生默默无闻、任劳任怨，用她的无数艰辛劳动和大量心血哺育了时代骄子，一个用歌声唤醒中华民族的儿子。

冼星海在苏联考察期间，因苏德战火蔓延，交通断绝，未能及时回国。1945年10月30日不幸病逝于莫斯科，年仅四十岁。毛泽东主席曾亲书："为人民的音乐家冼星海同志致哀！"为其英年早逝而深表痛心与惋惜。

冼星海的一生，更多的是和母亲的名字联系在一起。在那个风雨飘零的时代，冼星海是幸运的，因为他的一生有很长的时间是和母亲相伴度过的，做到了忠孝两全，少了很多遗憾。

1983年，冼星海的骨灰从莫斯科回到祖国，被安葬在北京八宝山革命公墓。墓碑上刻有十一个大字："中国人民音乐家黄训之墓"。黄训是冼星海为了纪念他的母亲黄苏英而改的名字，意为生死不忘慈母哺育与教导的恩情。

胡适给儿子胡祖望的一封信：
努力做一个好孩子

1919年，胡适的长子胡祖望出生时，胡适曾经作了一首诗《我的儿子》，诗中写道：

> 我实在不要儿子，/儿子自己来了。/"无后主义"的招牌，/于今挂不起来了！/譬如树上开花，/花落天然结果。/那果便是你。/那树便是我。/树本无心结子，/我也无恩于你。/但是你既来了，/我不能不养你教你，/那是我对人道的义务，/并不是我待你的恩谊。/将来你长大时，/这是我所期望于你：/我要你做一个堂堂的人，/不要做我的孝顺儿子。

奇怪的思想，怪异的言论，在这首诗一经发表后，胡适就受到了来自许多人的攻击和责难。

他对儿子说："我也无恩于你"。胡适对于子女的教育，没

第一章 一曲离愁，两相别离

有中国传统的道德绑架，只是本着我养育你只是出于人道，不需要你有什么回报的心。

当时虽正值五四运动时期，西学东渐，各种思潮疯狂涌入，在中国这片古老的土地上卷起了一阵新风，可是尽管如此，这种大胆的言论还是遭受到了外界很多人士的不满。当时的胡适却依然做得理直气壮，无惧外界的任何压力，甚至还和那些反对的人士辩论了起来，不得不说是一件奇观。

当都在宣扬子女的孝时，胡适却大胆地放开孩子们，表示为他们创造好的生活，但是他们没有必要心存感恩，彼此都是独立的个体。其实中国自古宣扬孝道，但是有多少子女真正在父母年迈之时在身边尽孝的呢？他们更多的是期望孩子做一个堂堂正正的人，胡适看到了层面更深、更本质的东西而已。

一个叫汪长禄的人写信给胡适，责问他为什么要把"孝"撇开，这是违背祖祖辈辈留下的东西。胡适说："我的意思以为一个堂堂的人决不至于做打爹骂娘的事，决不至于对他父母毫无感情。这个儿子晓得我对他只有抱歉，决不居功，决不市恩。至于我的儿子将来怎样待我，那是他自己的事。"

然而，岁月流转，转瞬便逝。

十年前的一场风波早已在时光的无涯中风消云散。时值社会动荡，国破山河，大家都在为中国的前途而奔波努力，谁也不好一直关注一个家庭中的琐碎之事，即使这个人在新文化运动中占据着极为重要的地位，是新文化运动的领袖人物。可是和国家大事比起来，家庭之事也只能是私事小事而已，而十年前引出这场风波的孩子也渐渐淡出了大家的视线。

胡适和江秀冬结婚，共生育了两个儿子和一个女儿，长子祖望，次女素斐，小三思杜。

胡适很爱自己的孩子，素斐在五岁时不幸夭折，胡适对于自己没有照顾好孩子，心里一直很内疚，有次梦见孩子，竟然还哭了出来，醒来就写了一首诗"睁开眼来，双泪迸堕。一半想你，一半怪我。想你可怜，想我罪过。"胡适时常想若是早点请医生给孩子看病该多好，他常常自责，因为自己的疏忽。

对待孩子，胡适深感愧疚，他常常因为繁重的工作而没时间陪孩子，书信有的时候成了父子沟通感情的桥梁。

十年后，胡适给长子胡祖望深情地写下了这封信。不同于十年前的理性和淡漠，这封家信写得情真意切，细心体贴，关爱之情跃然纸上。

胡祖望是胡适的大儿子，胡适工作很繁忙，平时很少和孩子玩，平时都是江秀冬负责照顾孩子，所以就算江秀冬凶如河东狮，胡适还是觉得她就是贤妻良母。一次江秀冬带着女儿回家乡建造祖坟。这半年时间，胡适和胡祖望便相依为命，但是胡适还

第一章 一曲离愁，两相别离

是很少有时间陪祖望，以至于母亲没走几天，祖望就因为想母亲而哭泣。

1929年8月，胡适夫妻决定将祖望送到苏州求学，这时，胡适便给儿子写下这封感情真挚的信，表达一个父亲对儿子的深深爱意和期盼。

祖望：

你这么小小年纪，就离开家庭，你妈和我都很难过。但我们为你想，离开家庭是最好办法。第一使你磨练独立的生活；第二使你磨练合群的生活，第三使你自己感觉用功的必要。

自己能照应自己，服侍自己，这是独立的生活。饮食要自己照管，冷暖要自己知道。最要紧的是做事要自己负责任。你功课做得好，是你自己的光荣。你做得不好，也是你自己负责任。这是你自己独立做人的第一天，你要凡事小心。

你现在要和几百人同学了，不能不想想怎么样才可以同别人合得来。人同人相处，这是合群的生活。你要做自己的事，但不可妨害别人做事。你要爱护自己，但不可妨害别人。能帮助别人，须要尽力帮助人，但不可帮助别人做坏事。如帮人作弊，帮人犯规矩，都是帮人做坏事，千万不可做。

合群有一条基本规则，就是时时要替别人想想，时时要想想"假使我做了他，我应该怎样？""我受不了的，他受得了吗？我不愿意的，他愿意吗？"你能这样想，便是好孩子。

你不是笨人，功课应该做得好。但你要知道世上比你聪明的人多得很。你若不用功，成绩一定落后。功课及格，那算什么？在一班要赶上一班的最高一辈。在一校要赶上一校的最高一辈。功课要考最优等，做人要做最上等的人，这才是有志气的孩子。但志气要放在心里，要放在工夫里，千万不可放在嘴上，千万不可摆在脸上。无论你成绩怎么好，待人总要谦虚和气。你越谦虚和气，人家越敬你爱你。你越骄傲，人家越恨你，越瞧不起你。

儿子，你不在家中，我们时时想念你，你自己要保重身体。你是徽州人，要记得"徽州朝奉，自己保重"。

……

儿子，不要忘记我们，我们不会忘记你。努力做

第一章 一曲离愁，两相别离

> 一个好孩子。
>
> 爸爸十八年八月廿六夜

信中开篇就写道："你这么小小年纪，就离开家庭，你妈和我都很难过。但我们为你想，离开家庭是最好办法。第一使你操练独立的生活；第二使你操练合群的生活，第三使你自己感觉用功的必要。"

十岁的年纪，即使在今天，依旧还是在父母怀里撒娇的年纪。可是，胡适却"狠心"地将年幼的儿子送出国读书，独自一人在外求学。

胡适替自己儿子考虑十分全面，无论生活还是功课。

如同祖望这个名字一样，胡适对儿子寄予很大的厚望，但是处在青春期的祖望却不是那么顺父亲的心。直到一个学年后，胡适收到学校的报告单，上面用红笔挂着四个字"成绩欠佳"，这次胡适忍不住对儿子发火，而他曾经说应该把孩子看作朋友一样对待。胡适给祖望写信说："你的成绩有八个'4'，这是最坏的成绩，你不觉得可耻吗？"当时祖望已经报名参加旅游团，胡适让祖望退出旅游团，准备暑假送他去学校补课。

胡适虽然是文学大家，但是在教育顽皮的子女上，也如同千千万万平凡的父母，大概是爱之深，责之切吧。胡适还是会自我检讨,是不是对儿子太过严厉,一片父母之情无法言表。

养在温室中的花朵,虽然依旧可以看到蔚蓝的天空,可是却无法体会到那种翱翔天际的快乐;依旧可以感受到阳光的明媚,却始终无法经历风雨的洗礼;可以有一方安稳舒适的天地,却始终无法迈步走得更远。胡适希望自己的孩子能做一只敢于搏击海浪的雄鹰,而不是一只只会躲在安逸巢穴中的脆弱小鸟。

父母者,用心良苦。面对儿子的远行,只能埋藏起心中的不舍,用温柔的细心体贴来关爱儿子的成长。他脸上的笑颜便就是心中最美好的幸福。不能永远地陪在孩子的身边,却可以为他指点人生。

胡适明白,只有让儿子走出去,走到同龄人中去,才能让他真正地成长起来。在那儿,他可以自由地放飞自己,畅意生活,不用担心被成人世界的规则和框架所束缚。去苏州求学的胡祖望,就像一只被放飞的鸟儿,飞入了丛林之中,心中充满了兴奋和激动。可是初次离家的他,并没有意识到自己将来可能遇到的问题,但作为父亲,胡适却不能不替他仔细地考虑这些。

他希望儿子在未来的生活中可以自由自在,结交志同道合的朋友,学习各种各样的知识,经历不一样的人生,丰富自己的阅历。可是,面对才十岁的孩子,胡适又难免心中牵挂不舍,他担心儿子在外不能好好照顾自己,故而在信中叮嘱道:"饮食要自己照管,冷暖要自己知道。"出门在外,父母最大的牵挂便就是孩子的身健体安了吧。虽然只是短短的两句话,却饱含深情。

胡适作为新文化运动的领袖人物之一,是文化界的标杆,他对自己的言行举止和道德修养十分看重。自然,在对待自己孩子的教育上,也做出了十分严格的要求。虽然当时的胡祖望才十岁,未经世事,可是在这封胡适写给他的信中,却郑重地谈到了为人处世和自我人格修养的问题。

古语云:"己所不欲,勿施于人。"又云"将心比心"。可是对于一个十岁的孩子,胡适用了一种更加通俗易懂的方式来解释这一道理。

他在信中写道:"你要做自己的事,但不可妨碍别人做事。你要爱护自己,但不可妨害别人。能帮助别人,须要尽力帮助人,但不可帮助别人做坏事。""就是时时要替别人想想,时时要想想'假使我做了他,我应该怎样?''我受不了的,他受得了吗?我不愿意的,他愿意吗?''你能这样想,便是好孩子。'"

小孩心智未开,思想并不成熟,一番大道理的说教,未必就能明白,而小孩又最是心性单纯,几乎很容易就学会一些事情,如果不能事先教导指点,引导他走向正确的价值观,则可能会形成不良的习性。胡适虽不能陪伴在儿子的身边,可花费的心思却

并未减少。他只能通过书信一点点地教导孩子,希望能起到言传身教的效果。

对于孩子的教育,胡适一向比较严格。他希望胡祖望能够独立自主,认真地做自己,有担当,有理想,有抱负,学习上能够勤勉认真。

胡适自己少年得志,在文学界一呼百应,可并没有丝毫的骄纵,他彬彬有礼,温文尔雅,是不可多得的青年才俊。这不仅与他的学识修养有关,更和他的道德涵养有关。故而,他在信中也是细心地叮嘱胡祖望,要谦虚和气,那亲切通俗的话语,宛若响在耳边,正耳提面命一般谆谆教诲,没有深奥晦涩的大道理,却如同涓涓细流,缓缓地流入心间,清凉甘甜,让人百般回味,耐人深思。

"儿行千里母担忧。"让年仅十岁的儿子外出求学读书,这对胡适来说,并不是一件十分值得高兴的事情,心中总是会弥漫起淡淡的忧愁和牵挂,信中的一句"保重",道出了心中多少难舍的离情,说出了心中多少未完的话语。心中宛若有千言万语,可是面对此情此景,却无法下笔,无法言说,只觉得一团心绪梗在胸间,唯有叮嘱一声"自己保重"。泪虽未洒,心已忧伤。

送儿远行,胡适虽然心中万般不舍,可是看到孩子那高兴的脸庞,想到孩子未来的人生道路,只能忍下心中不舍,放他飞翔，因为路总归是要他自己一步步去走完。

"但志气要放在心里，要放在工夫里，千万不可放在嘴上，千万不可摆在脸上。"这一句也是胡适一生的经验，埋头苦干，而不是夸夸其谈。胡适在学术上本着求真务实的态度，他把自己成功的经验告诉儿子，虽然知道儿子太小，未必能够接受这番大道理，但是不可不教育，小孩子的教育需从小做起。

他给了儿子一方广阔的天空，希望他能搏击风浪。他写下了这样一封信，希望自己不在他身旁时，能寄慰一点思量，给孩子才刚开始的人生指引航向。薄薄的信笺，承载了如山的父爱！

"儿子不要忘记我们"，胡适没有期盼儿子天天能够把自己挂在心上，只希望在偶尔一个时刻想起自己的父母，比如一个舒朗的午后，喝上一杯茶，想到父亲最爱的茶品，母亲最喜欢吃的甜点。或是在一个夜晚，读书疲倦了，起身看到窗外万家灯火，想到母亲端着消夜轻轻地叩门，然后蹑手蹑脚地将食物放到他的身后。远离父母，但是这些温馨依旧是美好的记忆，就好像父母永远陪在儿子身边一样。

都说儿子没有女儿心细念家，胡适对于儿子是有小小的担忧，外面的世界那么精彩，儿子又小，生怕一时贪玩，忘了给他们写信，胡适这封信也带着妻子的牵挂。

全国抗战爆发后，胡适到南京参加庐山谈话会，祖望中学毕业后也到了南京。这年9月，胡适将祖望带到武汉后，然后赴美做民间外交活动。祖望到长沙进了临时联大，最后随学校转移到了昆明，在西南联大工学院机械专业学习。胡适尊重儿子的专业选择，他给江冬秀写信说："儿子要学机械，自可听他去吧。"

胡祖望已经长成一个大小伙，虎父无犬子，胡祖望的成绩很好，也像他父亲一样关注国家大事，比如日机在贵阳的大轰炸，滇缅公路昆明段的修建即将完成，昆明附近新建的飞机制造厂也快完工等，他说："我们一定不让日本人在天空纵横"。胡祖望便想攻读航空机械专业为国家做出贡献。

胡祖望的成长，胡适看在眼里，乐在心里。胡适高兴地告诉江冬秀说："祖望常有信来，思想很清楚。"

胡适很赞成胡祖望的理想，两年后，胡适决定让祖望到美国求学，祖望知道后自然"高兴极了"，但他还能冷静地考虑到几件事，如他的英语不大好是否吃亏，这两年的学业丢了怎么办，父亲的经济能力是否可以承担。

如同父亲的愿望，儿子终于长成一个堂堂正正的人。是的，父母对于孩子永远不会有过多的诉求，只希望他们能够成为一个有用的人，一个有道德的人永远不会辜负父母的期待，更不可能是一个不孝顺父母的孩子。所以胡适的思想是先进的，与其对孩子进行道德绑架，不如从本质上去发掘孩子的能力，让他们自由飞翔。

1939年8月,胡祖望终于到了美国,进了康奈尔大学,胡适曾经也在这所学校读书,攻读航空机械专业。"儿子能照管自己,比我出洋时高明多了。"胡适给江冬秀写信说。信里充满了自豪,也是一个平凡的父亲对子女的殷殷期盼。

较之在国内,祖望学业明显有所进步:第一学期成绩不够好;第二学期好一些,七门课中三门及格,四门超过75分;第二学年好多了,其中有三门课可以"免考",即平时分数平均在85分,就可以免去大考。此外,他还能用英语给胡适写信。这也许是祖望比较适合国外自由的学术气氛。

胡祖望毕业后,与胡适一起留在美国,直到1946年父子俩先后回国。祖望开始在《大美晚报》,后来在天津新港继续从事他的本行工作。1948年底,胡祖望随父母亲一起离开大陆。他与曾淑昭结婚后,曾在岳父驻泰国曼谷的一家公司任工程师,后来在美国与朋友经营一家工商服务公司。2005年病逝于华盛顿,时年八十六岁,是胡家几代最长寿的一个。

小儿子思杜从小在上海读书,胡适由于公务繁忙很少关注他,江冬秀又喜欢打麻将,思杜慢慢地染上不好的习气。直到有一天,在路上看到思杜走路摇头晃脑的样子,感觉很不合体统。胡适向来很重视礼节的,看到儿子变成这个样子,心里充满内疼。胡适便让江冬秀多加管教思杜，花点钱给思杜买书看。

在胡适看来，儿子们都是很聪明的，父母能为他们做的就是提供更好的物质生活条件，思杜也面临要上学了。当时大儿子还在国外读书，经济压力很大，但是胡适思前想后，最终觉得还是要让儿子独自出门求学，于是把他先安排到费城的海勿浮学院，后来又转到中部的印第安纳大学，这样可以减轻一部分经济压力。

"做个好孩子"是胡适对儿子唯一的期望，但是叛逆的小儿子似乎并没有向着父亲的期望出发。这个身高体胖的孩子在大学并没有专心读书，他在国外沉浸于灯红酒绿的生活里，把父亲汇来的钱全部用完了，还欠了一身的债务，连家里置办的一些生活用品都被他典当了。

儿子的不成器，让胡适大伤脑筋，胡思杜最终没有读完大学便回国了。胡适知道儿子没有什么真本事，一些大学想要讨好胡适，便想招聘胡思杜，但是都被胡适拒绝了。胡适觉得应该把儿子安排在合适的位置，只有脚踏实地做事才能有所成就。于是最后把他安排到北京大学的图书馆整理资料，也是为了让他能沾染一些书本气，祛除纨绔气。

国内战争爆发，胡适一家准备南下，但是胡思杜习惯了北京的日子，怎么也不愿意和家人一起离开，无奈之下胡适把钱物留给他便离开了。叛逆的胡思杜最后还发表文章公然与父亲划清界限，说父亲是人民的敌人，也是他的敌人。对于儿子的言论，胡适笑称没有放在心上，但是只有他自己知道内心的失落。

胡思杜一生再也没和家人团聚，也是胡适一生的牵挂，养不教，父之过。后来胡思杜在唐山铁道学院教学，最后在压力之下自杀，至死也是孤单一人。

很多时候我们不喜欢规规矩矩按着父母的路前进，我们是独立的个体，追求独立的人生，所以无论好坏，自己选择的路，跪着也要走下去。为人父母却要为子女一生操劳，孩子走上正道，是父母的光荣，走偏了，父母又会内疚。父亲节，没有收到儿子的祝福。因为他一直不知道儿子的死讯，就算听到一些传闻，也不会相信。

"努力做一个好孩子"，这就是所有父母的期望，一个好孩子怎么可能辜负父母的深情，怎么可能不是一个孝子？也许胡适的两个儿子就用一生证明了胡适的思想。

似水流年，心心念念的孩子终于长大成人，操劳了一生的父母也老了。是的，"我也无恩于你"大概只想减轻孩子的牵挂和内疚，毕竟这一世，谁又能还清父母的恩情呢。

第二章　十月胎恩重　三生报答轻

郭沫若致父母：
父母爱男，望勿时以男为念

"绥山高，沫水清，茶溪野畔稻青青。"

1919年，郭沫若第一次发表新诗时，他给自己取了"沫若"的笔名，以此来纪念故乡的两条河流，沫水和若水。而在故土，让他挂念的除了青山绿水外，更重要的是他挚爱的父母双亲。

> "唯念及家人团聚，二老康宁。弟兄姐妹，一堂济济，佳男佳女，长大成行，家中喜况与吾二老笑容恍惚如在目前，男亦时觉心中乐不可抑也。"

郭沫若对亲情格外重视，他的家书中大多都是对父母的思念，对家中事物的挂念。也许是身在异乡的缘故，这种思念之情总是愈加浓烈，却只能望着故乡的圆月长长地叹一口气。

那时候许多赶新潮的父母都会想着把子女送到国外求学，掀起了一股股留学风。那时候交通还不是那么便利，一封封书信也需要很长时间地漂洋过海。但凡父母都渴望自己的孩子光宗耀祖，成就一番事业，所以才能割舍亲情之痛，送他们远赴重洋，踏上漫漫的求学之路。

郭沫若的父亲是个商人，踏实肯干。连郭沫若都说父亲的实干是他所钦佩的。父亲郭膏如善于向他人学习，通常会工作到半夜，忙于算账，记笔记，总结经验。这种脚踏实地的精神对于小小的郭沫若有很大的影响，他总是睁着大眼睛站在油灯下望着埋头算账的父亲。郭沫若的父亲会酿酒、榨油、卖鸦片烟、兑换银两、籴纳五谷，似乎什么生意都会做。

正是在父亲的影响下，郭沫若养成了坚强的毅力，在面对日后的人生时，这也是一笔宝贵的财富。做生意期间也经历很多挫折，但是郭膏如还是担起了整个家庭的重担，这些事都记在郭沫若的脑海，他对父亲更是充满敬佩和深深的爱。

郭沫若的母亲杜邀贞祖籍是州官门第，因家道不幸才流落到四川眉山，十五岁时就嫁给了郭沫若的父亲。她尝尽了人世的艰辛，能够识大体，在郭家任劳任怨，大家都称赞她"见识广，肚量大，将来福气也一定很大"。她常常教育子女："日中则昃，月满则亏；要常将有日思无日，莫把无时作有时。"受到母亲的影响，郭沫若逐渐长成一位正直勤奋的人。

杜邀贞尽管并没有读过书，由于早年家境的耳濡目染，竟能默诵许多的唐诗宋词,而这也便成了郭沫若幼时的启蒙文学。受到母亲的影响,郭沫若对古典文学有着不同凡响的敏感,也使他能够在未来的文学道路上成就非凡。

郭沫若在中国古典文化的熏陶下变得彬彬有礼,乐善好施。读书期间,和他很要好的一个朋友由于家庭贫困打算退学,郭沫若很同情自己的朋友,他们一样热爱读书,品学兼优,要是因为贫困而无法读书就太遗憾了。

为了能帮助同学读书,他写了一副对联给老师,但被老师搁置一边。年幼的郭沫若并没有放弃,便写了一首《怜余童生》:"学海茫茫庭院森,无银不敢拜大成。吾望吾师施恩典,同病相怜应有人。"

这首情真意切的诗果然感动了老师,他的朋友便得到免费就学的权利。郭沫若的热心肠和家庭教育有很大的关系,所以说父母是孩子最好的老师,他们的一言一行都对孩子有着潜移默化的影响。

一个良好的家庭背景,往往能造就不同凡响的人才。小时候的郭沫若喜欢趴在母亲的膝盖上,睁大圆圆的眼睛好奇地看着她读那些诗词,然后跟着一遍遍地牙牙学语。母亲用并不标准的普通话却带着感情的声音读给他听,那时候郭沫若的脑海里便会浮现出很多画面,如举杯畅饮的李白,投入滚滚汨罗河的屈原……

这些诗词中的英雄人物在郭沫若的脑海里逐渐清晰,他们的灵魂似乎注入到了郭沫若的身体里,塑造了他的脊梁,流淌于他的笔尖。也许再次以这些人物为创作原型的时候,他的脑海还回荡着母亲的声音。

　　在母亲的教诲下,当郭沫若四岁半进入私塾时,他已经有着一定的文学素养了,认识的字词超过同龄人,也能做几首简单的打油诗。在学校也很受老师的关注,但是郭沫若自认为不是天才,自己的成就很多是用汗水换来的,他认为世界上成功的人不仅是有天赋,更多的是不懈的追求。

　　不同于母亲的言传身教,郭沫若的父亲更多的是为他创造了一种宽松舒适的生活和学习环境。从商的父亲凡事都会考虑到利益的最优化,对于儿子的教育也一样。他总是板着面孔,但是郭沫若知道那张严肃的面孔下有颗柔软的心。

　　母亲是温柔的,她总是会给予他无尽的宠爱,让年幼的郭沫若在受了委屈后能撒娇地扑进她的怀里,尽显孩子的天真和娇憨。相比父亲,郭沫若小时候更加依恋自己的母亲,每次放学回来母亲早早准备好饭菜,还会用毛巾擦擦他额头的汗珠,叮嘱他以后不要跑着回来。郭沫若的鞋袜都是母亲亲手制作的,所以格外结实。

　　"母亲"是世间美好情感的称谓,她骨子里的坚强和外表的柔弱，让郭沫若沐浴在爱的海洋。完整而美满的家庭对郭沫若的作品有着深远的影响，他的作品更多的流露着爱和正能量。

在郭沫若的记忆中，父亲是严厉的，总是会每天逼着郭沫若上学堂，小时候的郭沫若和所有的孩子一样，也有着贪玩任性的天性，对于枯燥无趣的私塾还是拒绝的。父亲在他不听私塾老师的话时就会动手揍他，让他一度对父亲产生惧怕心理。但正是在父母这一柔一刚、一张一弛的督促下，郭沫若痛并快乐的早年私塾生涯就这样开始了。

也许一个完美的家庭教育就是需要这样刚柔并济，一方唱黑脸一方唱白脸的轮番上演。这样才能对孩子进行全方位的教育，不至于让孩子变得激进，也不至于让孩子得到过分的溺爱。

对于父母，郭沫若心中充满了感恩和感激，没有一丝怨愤。倘若没有父母的精心教导，幼时顽劣的他或许无所作为，不会走上文学这条道路，更不会接触到外面这么广阔的天空。父母给了他生命，同时也给了他自由。这大概就是伟大的父母之爱，默默地培养成才，却不会束缚你的翅膀。

我们常常在年幼时对父母的严厉心存不满，但是随着年龄的增长，才渐渐明白其中深切的爱意。而此时父母早已老去，不知道是岁月不留情，还是成长太缓慢，往往对父母的爱要来得稍晚。

孝顺父母的人，懂得感恩，能够珍惜身边的人。人们不珍惜自己容易得到的东西，一生苦苦追求望尘莫及的事物。父母之爱更多的是成全，他们总是尽力地满足儿女的需求，费尽全力地供养子女上学。从不会将儿女留在身边尽孝，从不会用道德去绑架他们。最深的爱意不是陪伴，而是成全。

郭沫若很孝顺自己的母亲，一次，他母亲得了一种"晕病"，郭沫若不知在哪儿听说芭蕉花可以医治这种病，当时这种花价格十分昂贵，而且很难见。于是他和哥哥去别人的花园寻找这种花，恰好看到一座花园开着一朵芭蕉花，郭沫若便偷偷摘回来送给母亲。当母亲问起花哪来的，他便如实说了。

虽然郭沫若是出于对母亲的爱才偷花，但是还是被母亲严厉批评了，郭沫若的母亲很重视孩子的品行教育，她认为一个成功的人最基本的条件是要有良好的品质。从此以后，郭沫若再也不敢随便拿别人的东西了。

在大是大非中，母亲能够很好地给他指明方向，所以郭沫若一直没有迷路，人生也是一帆风顺。郭沫若从小就很听母亲的话，母亲在家为他树立很好的榜样，郭沫若的母亲贤良淑德，受到街坊邻里的一致认可，郭沫若也十分尊重自己的母亲。

自1914年，郭沫若远渡东瀛，留学日本后，他远离了故土。刚踏上日本这片陌生的土地时，他充满了好奇，不一样的风俗民情和学术氛围深深地吸引了年轻的郭沫若,当这份新鲜劲过去后,很快就被一种思乡的忧愁所取代,这思乡的情绪就像一江春水,流淌不尽。

当意识到以往熟悉的人都已不在身边,他只能静静地眺望着蔚蓝的大海,希望大海能带去他对亲人的思念,独在异乡为异客,而今,他终于尝到异乡人的滋味。这种滋味是难以言喻的,就算讲给最亲密的友人,也不见得被理解,它只能被深深地埋藏在心底,独自享用这份酸甜苦辣。

也许只有在梦里才能回到深深思念的故土,梦里面父亲做完买卖拖着疲惫的身子躺在长椅上询问他功课,母亲端来热乎乎的消夜,油灯忽明忽暗,一阵风来,门前的老树轻轻地摆动几下枝条,地上便映出交错的黑影。熟悉的家的味道,安慰了郭沫若的心。可是一觉醒来,自己却躺在冰冷的木板床上,周围还是一片陌生,家渐渐从视野消失。

在日本,为了纾解自己的思念,他开始不断地给家中写信,告诉家人自己的近况,书信已经成为他和亲人间最紧密的联系方式。不是没有思念,只是不敢诉诸笔端,怕惹出无端愁绪,让独在他乡的自己更添一份烦闷。他更怕让父母担忧,只能一再地回报平安。

也许长大后,发现对父母最好的孝敬,就是不让他们担忧自己。所以很多人在外受了各种苦累，回到家中却告诉父母，一切安好。"一切安好"四个字如此简单，但是却慰藉两颗牵挂的逐渐老去的心。

因而，在信中，他总是挑选一些学业和国家大事来谈论。如他虽身在日本东京，但对国内大事动态却十分明了。1915年，当日本以"二十一条"为条件支持袁世凯复辟时，在东京的郭沫若听到这个消息愤怒了，甚至打算决定连夜回国抗议，还愤然写下了一首七律诗，诗曰："男儿投笔寻常事，归作沙场一片泥。"

在这封写给父母的信中，郭沫若同样谈到了这个问题，国家动荡不安，何以安定小家。那时候的郭沫若像当时所有的热血青年一样，想要投身于保家卫国之中。他写道：

> "男想古时夏禹治水，九年在外，三过家门不入；苏武使匈奴，牧羊十九年，龄冰雪。男幼受父母鞠养，长受国家培植，质虽鲁钝，终非于国栋家之器。要思习一技，长一艺，以期自糊口腹，并藉报效国家；留学期间不及十年，无夏苏之苦，广见闻之福，敢不深自刻勉，克收厥成，宁敢歧路忘平，捷径窘步，中道辙尽，以贻父母羞，为家国蠹耶！"

医学只能医治人们麻木的身躯，而那一颗颗沉睡的心更需要被唤醒，需要一个个跳动的文字，撞击着那些麻木的心。因而，他弃医从文，最终走上了文学的道路，用手中的笔来对这黑暗不公的世道进行口诛笔伐。所以不难看到郭沫若的很多文学作品感情都如此激昂澎湃，热血沸腾，这都是源于对家对国真挚的爱。

对于郭沫若的选择，父母都没有干涉，只在他最需要的时候给予一定的帮助。郭沫若受到极少的家庭束缚，所以性格才如此潇洒自在。就算面临困境，也能坦然相对。

在信中谈论学习之事时，他同样显得积极昂扬，"青年需要经历各种锻炼。所谓百炼成钢，在暴风雨中成长，就是这个道理。希望不经手困难、波折，轻而易举地成名，那是不长进、没出息的幻想。"对于自己的人生，郭沫若总会有长远的思考，他能够看出学校的弊端，能够选择最合适自己的人生道路，这一点思想认识在当时的年轻人中也是出类拔萃的。这样的儿子的确让父母省心不少。

一个人的一生，学校教育固然重要，但是家庭教育对培养一个健全的人更加重要。一个温柔善良的母亲必然用她的温情哺育一个善良的孩子。一个博学多才的父亲也会用他的知识浇灌孩子。

"日本学制,高等学校,实为大学预科,注重在外国言文、其他科学,实不过高等普通而已。故虽高等毕业,非再由大学毕业后,终无立身处世之长策。"

他一改在国内的陋习,容身于开放的外国风俗之中。在日本学习期间,他认真勤勉,再加上异常聪慧,他的成绩总是名列前茅。对于未来的学习计划,他早已谋略在胸。

但在说到自己的思乡之情时,为了避免父母过多忧虑,他在信中尽量宽慰他们,他写道:

"父母爱男,望勿时以男为念。方今世界大通,即便走天下,较之古人家书万金,动需年月之苦,已不啻有万里咫尺之别。写真在望,犹男侍立膝前;家报飞传,犹男喋蔌座右;虽远居异国,实则无异家居。男年已不稚,自当努力自爱,绝不至远贻父母隐忧,父母爱男,望勿时以男为念也。"

身处异国他乡仍然时时考虑着父母的感受,担心父母过度的挂念,便安慰父母,在这里和家里一样舒适。此时交通方便,书信已不再远，郭沫若经常给父母寄信，以表在外游子的深深思念之情。

家和国是密不可分的，对国家的热爱源于对小家的眷恋。年轻的郭沫若对家是充满着眷恋的，无论后来对他的各种褒贬评价，在亲情方面，郭沫若一直保持着真挚的情感，血脉里面流淌的亲情是永远无法割舍的。

而对于家中其他亲人，郭沫若也并不忘记问候。他身在他国异乡，家中之事原本并不方便照料，但他却对家中的事情都很上心，不论是大哥、五弟抑或是侄儿与侄女，他都会详细地加以关心和询问，知晓他们的生活状况，然后给予自己的建议，希望他们在国内能快乐无忧的健康生活，这样既免去他的担忧，也让他多了一份安心。

> "大哥性过拓大，丈夫气概，自所宜然。男处来书亦罕，但审其近状，确系居京无恙，可断言也。男亦时有函促其复修家禀，以慰悬念；大必早蒙俯钠，总以国故纠纷，鱼鸿不免有所沈滞耳，亦望父母勿过劳远虑。虽干戈照眼，猿鹤警心，然托父母之德，祖宗之灵，国家之庇，天地之惠，男等虽远离膝下，苟知自爱，当不至别有意外之虞也，五哥近日仍

欲作家书意万重

> 居有否？久不得来书，主以为念。五哥谨慎人，当此玄黄混沌之际，要宜以正义自守，庶不至迷所向往，望无弟传言，至祷。五嫂已晋省，自是庆事。培谦家读最妥当，不知近来长得好高大关！男以为俟将来国事平定后，大嫂如能晋京，尤属两便，想此亦系大哥意中事，但顷来不大得意，未便言耳，不识父母尊意以为如何？但少成则不宜晋京，以京中非读书地，似少成现在年纪，正当施以完善教育之时，为龙为蛇，此两三年间耳。四姐归宇否？三姐六妹大侄均无恙否？阖家均在念中。"

信中，郭沫若宛如生活在他们身边一样，其一字一言，句句流露出来的是一番真情和实意。信中所写之事原本琐屑且芜杂，但读来却自有一股温暖弥漫其间，这大概就是亲情的温暖吧。它默默地陪伴你左右，却在关键时刻给你最诚挚的祝福。

郭沫若对待青年学生也是充满爱，这种爱也化为一种亲情。一次，他请所有没有回家的在京学生去晋阳饭庄吃饭。席间，他发现很多学生没有棉鞋，便偷偷叫来秘书，让秘书回去拿钱去买。席毕，郭沫若招呼所有学生步行去商店，用自己的稿费给每人买了一双八块钱的厚棉鞋。

这种爱是一种长辈的爱。郭沫若深知远离故乡在外求学的艰辛,更能体会他们家中父母的深深期盼,就像当初他远离故乡,受了委屈也会冒着寒冬去寄信报平安。所以看到这些孩子,郭沫若就想到了自己,怎么能够不多些怜爱之情呢。

亲情有时候就是一份牵挂,它不像爱情那样惊天动地,更多的是平淡温馨,无论身处何地,那份真挚都不会丝毫动摇和改变。所以人们歌颂天荒地老的爱情,却不知真正天荒地老的是亲情。

亲情并不局限在血脉相连之中,就像一颗高大的树,等到暴风雨来临的时刻才知道它的用途。一个人不论贫穷、富贵,不论是拥有海枯石烂的爱情,还是拔刀相助的友情,与生俱来的唯一的东西就只有亲情。

闻一多致父母亲：
尽忠即所以尽孝也

朱自清在闻一多被暗杀后，激烈愤慨地写下了这首歌颂闻一多的诗。

你是一团火，
照彻了深渊；
指示着青年，
失望中抓住自我。
你是一团火，
照明了古代；
歌舞和竞赛，
有力如猛虎。
你是一团火，
照见了魔鬼；
烧毁了自己，

第二章　十月胎恩重　三生报答轻

遗烬里爆出个新中国！

臧克家曾在《有的人》里写道："有的人活着/他已经死了；/有的人死了/他还活着。"是的，闻一多死了，但他依旧活着，活在千千万万中国人民的心中。闻一多在世间生活不到四十八年，但却用生命的光火照亮了当时那片灰暗的天空，让活着的人看到了即将来临的希望。

他用自己的爱国之心，摧毁了那些卑劣的官僚阴谋，欲还尘世一片天朗气清。他是学者、诗人，也是爱国人士和民主战士。在强敌面前，他从未有过退缩之意，他傲骨铮铮，昂然立于天地，用自己身躯铸就了一座不朽的丰碑。

他在写给父母的家信中，铿锵有力地写道："忠孝二途，本非相悖，尽忠即所以尽孝也。"所以，摊开闻一多的家信，在慰问双亲之际，字里行间流露出更多的是一份爱国之心，一份为民请愿之心。他是一团炽热的火，他用自己的躯体燃烧出了一个新的中国。

尽忠即所以尽孝，然而俗话说自古忠孝两难全，事实上闻一多也无法平衡这之间的矛盾。对于父母而言，在年迈之时，能得到儿女的陪伴便是最大的幸福，而"树欲静而风不止，子欲养而亲不待"才是最大的遗憾。

闻一多把孝融入忠里，将自己完完全全地献身国家。"身体发肤受之父母"《最后一次的演讲》后，闻一多倒下了，所以他更多的是将亲情奉献给自己的祖国。

国事家事天下事，事事关心。闻一多的胸怀是宽广的，他爱自己的家，却把这份爱放入国家中，他爱自己的亲人，却把这份爱传递给千千万万的祖国同胞。生于同一片土地，所以都应该是亲人，都该在同一个梦想下奋斗努力。

1899年11月24日，闻一多在湖北浠水巴河古镇的一座瓦屋里出生。闻一多家学渊源，算得上是书香门第，他自幼喜爱诗词，五岁就进入私塾。但随着科举被废除，闻一多十一岁之时便进入了两湖师范学堂附属高等小学就读，新奇的知识很快让闻一多沉迷其中。

童年时光，本该烂漫无忧，可年幼的他首次目睹了当时震惊全国的武昌起义的过程。在震耳欲聋的枪林炮火之中，闻一多没有丝毫的惊慌失措，反而在小小的脸上洋溢着一股异常的兴奋，他剪掉了自己的长辫子，以此来显示自己与清王朝的决裂，此时，闻一多才十二岁。

那时候他知道了国和家的联系，和自己的联系，但是自古忠孝两难全，闻一多也面临着这样的选择。

时局动荡，山河破碎，天地为之变色。军阀当道，民不聊生，世间一片凄惨之景。这让青年的闻一多感到无比痛心，而少时目睹武昌起义的经历亦深深地留在了他的心中，他曾经用辛辣笔触写下《提灯会》一诗，诗中有着这样的诗句：

"田禾灼涂炭，中藏老农尸，饿鸥唤不醒，饱餐还哺儿。"战争无情，黎民受苦，军阀无道，哀鸿遍野。

长期积蓄在心中的爱国之情让外表文弱的闻一多脸上却浮现超出同龄人的成熟，谁也想不到那个书呆子会做出如此惊天动地的举动。天资聪慧的闻一多在十三岁时便以优异的成绩考上清华大学，当1919年五四运动思潮如一股飓风席卷而来之时，闻一多毫不犹豫地投身其中，率先响应，并在清华大学的食堂门口上张贴了一首岳飞的《满江红》，激昂慷慨，铿锵有力！

于是，在闻一多的号召下，整个清华园都沸腾了，那些胸腔被爱国情怀充满的青年们，成了一股勇猛有力的力量，向那些专政无道的军阀统治者们发起了猛烈的进攻，一场轰轰烈烈的爱国救亡运动就此展开，原本安静的校园再也放不下一张平静的书桌。

5月4日，清华召开了一场有五十七人参加的五四运动的动员会议，闻一多在会上大声地疾呼："清华住在北京，北京学生救国，清华不去参加。清华，难道你真的不算是中国人的学校了吗？"在闻一多的演讲下，不少两耳不闻窗外事、只会埋头苦读书的青年,开始关注国家大事。

初露锋芒、崭露头角的闻一多一改过去在清华园里"书痴"的形象,热烈地拥抱了新思潮的到来,他被选为了学生代表团秘书部的成员,这也就是他在信中所说的:"现校内办事机关曰学生代表团,分外务、推行、秘书、会计、干事、纠察六部。现定代表团暑假留校办事。男与八哥均在秘书部,而男责任尤重,万难分身。"因此,往年都会回家过暑假的闻一多这次留在了学校,未能回家看望父母双亲。十几天后,他给家乡的父母写了这封家信。

父母亲大人膝下:

近来家内清吉否?念念。连接二哥、五哥来函,人事俱好,祈勿垂虑。山东交涉及北京学界之举动,迪纯兄闻一多的远房堂兄。归,当知原委。殴国贼时,清华不在内,三十二人被捕后,始加入北京学界联合会,要求释放被捕学生。此事目的达到后,各校仍逐日讨论进行,各省团体来电响应者纷纷不绝,目下声势甚盛。但傅总长、蔡校长之去亦颇受影响。……现校内办事机关曰学生代表团,分外务、推行、秘书、会计、干事、纠察六部。现定代表团暑假留校办

第二章 十月胎恩重 三生报答轻

事。男与八哥均在秘书部，而男责任尤重，万难分身。又新剧社拟于假中编辑新剧，亦男之职务。该社并可津贴膳费十余元，今年暑假可以留堂住宿，费用二十六元，新剧社大约可出半数（前校中拟办暑假补习学校仅中等科，男拟谋一教习，于经费颇有补助。现此事未经外交部批准，所以作罢论），尚须洋十余元。男拟如二哥、王哥可以接济更好，不能，可在友人处通挪，不知两位大人以为何如？……一年未归家，且此年中家内又多变故，二哥久在外，非独二大人愿男等回家一集，即在男等亦何尝不愿回家稍尽温省之责。远客思家，人之情也，虽曰求学求名，特不得已耳。……王哥回家，自不待言，二哥如有福建之行，亦可回家。男在此多暇时时奉禀述叙情况，又时时作诗歌奉上，以娱尊怀，两大人虽不见男犹见男也。男在此为国作事，非谓有男国即不亡，乃国家育养学生，岁縻巨万，一旦有事，学生尚不出力，更待谁人？忠孝二途，本非相悖，尽忠即所以尽孝也。……寒假正在阴历年，男未在家度岁已六七年，时常思想因年乐趣，下年必设法回家，即请假在家多住数日，亦不惜也。区区苦衷，务祈鉴宥，不胜惶恐之至！南

欲作家书意万重

> 此敬请　福安。
>
> 此次各界佩服北京学生者，以其作事穆列男在此帮忙，决不至有何危险，两大人务放心！
>
> 男骅叩
>
> 五月十七日下午

写这封信之时，正是1919年5月17日，距离闻一多积极号召参与五四运动思潮尚不足半月。因而，在这封写给双亲的家信里，除了惦念父母，思念亲人之外，更多的是向父母详尽地道出了自己的爱国之思，在他那颗年轻的胸膛里，跳跃着的不仅仅是小家之爱，更是国家之爱。

向父母汇报平安，害怕他们担心，虽然常常想念家人团聚的乐趣，但是为了国家的事情，许诺父母下年必定回家。此时的闻一多深深明白自己的处境，作为事件的组织者，随时都有生命危险，书信中表明了闻一多深深的报国之情和对家的思念之情，尽忠所以尽孝。

清末名儒顾炎武有言："天下兴亡，匹夫有责。"而今，闻一多在信中写道："国家至此地步，神人交怨，有强权，无公理，全国懵然如梦，或则敢怒而不敢言。卖国贼罪大恶极，横行无忌，国人明知其恶，而视若无睹，独一般学生取冒不韪，起而抗之。虽于事无大济，然而其心可悲，其志可嘉，其勇可佩。"炽热的爱国之心深藏其中。

闻一多在学生代表团秘书部时，负责了学生活动里的文书工作，他积极忙碌，写标语，做宣传，没有无双的辩才，但有真挚的热心，那时候的闻一多全心全意地投入到了保家卫国的运动中去。

同时代的梁启超曾发出"少年强则国强"的口号，闻一多则用自己的亲身实践去践行这一口号，他在写给父母的信里说："男在此为国作事，非谓有男国即不亡，乃国家育养学生，岁糜巨万，一旦有事，学生尚不出力，更待何人？"在他看来，生于动荡中的青年，肩负驱逐外寇，振兴国民的重任。同时，卫国亦是保家，就如他在信中所言："忠孝二途，本非相悖，尽忠即所以尽孝也。"

言虽如此，尽忠即尽孝也。然而，在闻一多的内心深处，依旧有一块柔软的地方，只属于家中的亲人，那是怎么也割舍不去的亲情，尽忠即尽孝大概也是他对自己的一丝慰藉，以至于可以把对家的思念，全心转为对国的忠诚。

闻一多从小离家，后来为了求学，千里迢迢远赴京都。一南一北，千山阻隔，回家更是不易。而在往常，闻一多每逢寒暑假之时都会回到阔别已久的家乡，看望家中的父母，向家中的兄弟姐妹相诉离别之情，诉说衷肠，共享家庭之乐。然而学习和肩上的使命，让他毅然决然地留在了京都，完成未完成的事业。

对于家乡和亲人，闻一多不无思念之情。他在信中写道："远客思家，人之情也。"远在外地他乡，一年未归，不能见乡亲，听乡音，只能将深深的思念收敛在内心的最深处，偶尔在信纸上释放一二，字字含情，笔笔思乡，只是可惜自己不能腋生双翅飞至家中，只得承受着思家念家的忧伤之苦，如闻一多在信里所说："此年中与八哥共处，时谈家务，未尝不叹息悲哽，不知忧来何自也。"

只因思念深沉，而忧伤不自知。围炉谈话、三五郊游，绿荫道、瓦屋房，原本那些在平常看来是寻常不过的人事，而今提起却别是一番滋味在心头，"问君能有几多愁，恰是一江春水向东流。"深深浅浅，总是萦绕在心间，让人愁肠百转而无可奈何。

"男未在家度岁已六七年，时常思想团年乐趣，下年必设法回家，即请假在家多住数日，亦不惜也。"一年一岁除夕日，最是游子思家时。闻一多常年在外求学，已经有多年未和家人守岁度除夕了。

每当外面华灯初上，灯火通明，鞭炮震天，人们都阖家团聚、喜气洋洋之时，他只能守在空荡冷清的房间里，听着窗外的喧闹，然后回忆在家时的热闹场景，烛火明亮，欢声笑语。多么熟悉的画面，多么温馨的场景，却只能在记忆中一遍遍倒带，然后细细地咀嚼，任凭蚀骨的思念将自己淹没。

后来，当闻一多远渡重洋前往美国留学时，周围同行的青年学生都为新的旅程而兴奋不已，可闻一多的内心却充满了别离的悲哀和愁绪。他看着一望无际的碧蓝大海，心中的寂寥和思家之情就如同浩浩汤汤的海水一般让他感到惶惑。从小远游的闻一多从未忘记对家的思念，也没有忘记家中老母亲的深深叮嘱，这些思念之情连绵不断地在他的心间流淌。

漫长的海上之行，枯燥单调的海上生活让他常常忆起了家中父母双亲的笑脸，是那般的耀眼温暖。他觉得自己就像是一只在海上迷失了方向的孤雁，惶惶无措中找不到回家的路，只能流浪，将那满腹的惆怅藏在心中，那无边的酸楚却怎么也无法开口诉说。虽然已远离了祖国和家乡亲人，但一颗心却留在了故土，在异国他乡只能做一个孤寂的萍客，在思念中迎接新生活的到来。

半个月后，闻一多到达了美国西雅图。离家一月，他便挥笔写下了《太阳吟》，闻一多在诗中写道："太阳啊，刺得我心痛的太阳！又逼走了游子底一出还乡梦，又加他十二个时辰的九曲回肠！太阳啊，火一样烧着的太阳！烘干了小草尖头底露水，可也烘得干游子的冷泪盈眶？太阳啊，六龙骖驾的太阳！省得我受这一天天的缓刑，就把五年当一天跑完，又与你何妨？太阳啊，——神速的金鸟——太阳！让我骑着你每日绕行地球一周，也便能天天望见一次家乡！"

  清晨从梦中醒来的闻一多，睁眼便看见了窗外刺眼的太阳，太阳瞬间消融了他一夜的归乡梦。现实并没有因为他的不满而消退，太阳越升越高，但是炙热的太阳的温度也是不及故土的。家乡孕育了他，那里有他牵挂的父母。

  留学美国的日子，闻一多不同于其他一些学生在美国灯红酒绿的世界里迷失，美国的发达愈发加重了他对祖国的思念。他曾经在家书中写道："一个有思想的中国青年，留居美国的滋味，非笔墨所能形容。"

  美国的发达，人民的安乐，和当时的中国形成了鲜明的对比。当时的中国，军阀混战，民不聊生。祖国的苦难让闻一多更加爱它，更加想改变它。中国的局势越来越严重，闻一多认为自己应该投身于其中，而不是在异国他乡麻痹自己。闻一多便提前结束了留学生涯，急切地踏上了回家的路。

  也许是对父母的爱使他从不敢违背父母的命令，就算父母命他娶一位素不相识的女子。但是闻一多的内心还是十分苦恼，一方面自身接受了先进自由的文化的熏陶，另一方面又不得不接受封建家庭的束缚。

> "大家庭之外,我现在又将有了一个小家庭。我一想起,我便为之切齿发指!我不肯结婚,逼迫我结婚,不肯养子,逼迫我养子……宋诗人林和靖以梅为妻,以鹤为子,我将以诗为妻,以画为子……家庭是一把铁链,捆着我的手,捆着我的脚,捆着我的喉咙,还捆着我的脑筋;我不把他摆脱了,撞碎了,我将永远没有自由,永远没有生命!……我知道环境已迫得我发狂了,我这一生完了。我只作一个颠颠倒倒的疯诗人罢了!世界还有什么留恋的?活一天算一天罢了!……"

这时候的闻一多几乎是崩溃的,他不敢违抗父母的命令,这是不孝,他想对自己的人生负责,遵循包办婚姻就意味着一个进步文人向腐败的东西妥协。也许这时的闻一多心中对父母是有埋怨的,但这种埋怨依旧向孝顺妥协。

纵观历史,很多文人自由恋爱的结果并不见得比父母之命要好。父母经历过很多事情,对待人生变得更加睿智,比起年轻人的一时冲动,这样的选择才是长远之计,才禁得住柴米油盐生活的考验。但是在当时那个尴尬的社会,进步和落后不断地对抗着,人们变得激进,对彼此抱着无法容忍的态度。

时间终于证明了高素贞是一位贤德的妻子,在闻一多的鼓励下,高素贞不断地成长,也成了闻一多生活和灵魂的依靠。闻一多和高素贞后来也成了一对模范夫妻,很多进步的文人反感包办婚姻,便一起否认了女方的一切,这或许是不公平的。

人们总说,行者无疆。天地阔大,人生自当快意潇洒,虽不能一人一马笑傲江湖,却也不能拘囿于一方小小天地。子女长大后会为了求学或谋生而远离父母,可等真的走出去时,眼前一片苍茫,回首来时的路,才发现最是不舍家乡,不舍家中那熟悉得不能再熟悉的亲人。

"远客思家,人之情也。"闻一多此言,道出了千万游子的心声。天道无常,唯此情不变。古有文人寄思乡于明月,今有闻一多寄思乡于太阳。月亮和太阳都是看得见、摸不到的,这种寄托又是多么的无奈。

而世间的别离就像一种循环,一遍遍无止境地重复着,李白的"举头望明月,低头思故乡"能够被世人朗诵,因为它触动了人们心中最柔软的那根弦,那份对父母的牵挂中永远带着一份亏欠,这份亏欠最终弥补在自己的子女身上,而又一代代地亏欠下去,这大概就是亲情吧。

陶行知给母亲的信：
立志教育，不虚度时日

我国有句古话："儿行千里母担忧。"又云："父母在，不远游。"出门在外的游子总会心念家中双亲，为自己不能侍奉在侧而感到心愧不安，只能用书信来传达自己的惦念之情。我国伟大的教育家陶行知一生为教育事业而忙碌奉献，很少有时间待在家中，陪伴母亲身侧，而在那个通信还不甚发达的年代，书信成了他最好的寄托和牵挂。

母亲：

家中从前寄来的信，如今都收到了，并未遗失，只是来得慢些。儿从母亲寿辰立志，决定要在这一年当中，于中国教育上做一件不可磨灭的事业，为吾母庆祝并慰父亲在天之灵。儿起初只想创办一个乡村幼稚园，现在越想越多，把中国全国乡村教育运动一齐都要立它一个基础。儿现在全副的心力都用在乡村教

欲作家书意万重

育上,要叫祖宗及母亲传给儿的精神都在这件事上放出伟大的光来。儿自立此志以后,一年之中务求不虚度一日;一日之中务求不虚度一时:要叫这一年的生活,完全的献给国家,作为我父母送给国家的寿面,使国家与我父母都是一样的长生不老。

实验乡村师范开办费要一万五千元,经常费要一万二千元,朋友们都已答应捐助,只要款项领到,就可开办。阴历原想回家过年,无奈一切筹备事宜必须儿亲自支配,不能抽身。倘使款项早日领到,或可来京两星期。如果到了腊月廿七还没有领得完全,那年内就不能来了。好在家中大小平安,儿亦平安康健,彼此都可放心。

昨日会见冬弟,知道金弟在西安尚好,可以告慰。冬弟亦较前强壮。

桃红小桃三桃蜜桃给我的拜年片子都是很有意思很有价值,儿已经好好的保存了。

敬祝健乐。

行知

一月廿日

(引自《行知书信集》)

这封给母亲的信中,陶行知先禀告母亲,她所寄来的信已经全部收到,其中并未遗失,每封信都有认真的查看,细致入微的关心跃然纸上。陶行知能在事业上心无旁骛,做出一番成就,这和陶母不无关系。

"儿自立此志以后,一年之中务求不虚度一日;一日之中务求不虚度一时。"可以看出陶行知深远的抱负和志向。这样的志向也是为了完成母亲的心愿,成为一种尽孝的方式。

陶行知1891年10月18日出生于安徽省歙县西乡黄潭源村。原名陶文浚,后改知行,又改行知,小名和尚。陶行知小的时候,因家道中落,曾中秀才的父亲无力供他读书,父亲便出门卖菜来养活一家。但金子在土里都会发光,小行知自幼聪颖过人,被一个童蒙馆老师方庶咸发现,愿意免收学费为他启蒙。

陶行知七八岁时,他的父亲便带着全家到休宁万安镇谋生,小小的陶行知天资聪慧,深得外祖母喜爱,决意着力培养陶行知,让陶行知在蒙馆读书,后来又让他跟着当地一个著名儒者前清贡生王藻学习四书五经,陶行知受到了很好的中国古典文化教育,特别是《论语》对他的影响很大,也为陶行知成为一位伟大的教育家奠定了很好的基础。

陶行知的家境很贫困,自古贫贱出人才,但是拥有良好的家庭教育的重要性远远超出一个人所拥有的财富,陶行知年幼之时尚得父亲教导功课，家庭教育为日后的学校教育奠定了很好的基础。但是家里的条件足够供陶行知读书，然而陶位朝在休宁万安镇经营的"亨达官"酱园店由于种种原因倒闭了，陶行知只得跟随父母回到黄潭源，这时的陶行知只有十一岁。

也许就是这次失学的经历，让陶行知体会到贫困子弟求学的艰辛，也让小小的陶行知心中对自己的理想有了最简单的规划。

陶行知的母亲在崇一学堂里当帮工，由于工作踏实认真，因而深得学堂里牧师的赏识。每当听到学堂里传来郎朗的读书声，她就想到自己的儿子，曹翠仂请求牧师唐进贤让陶行知能到崇一学堂听课。那时陶行知也时常到学堂里帮忙，帮着母亲做事。信奉基督教的牧师见陶行知性情温厚，孝顺母亲，便答应让他免费入学。

于是，时隔四年后，陶行知再次踏入了学堂学习。崇一学堂里传播着西方文化，陶行知了解了很多国外的事情，也学得一口流利的英语，但是陶行知更喜欢学习中国古典文化，他曾经在学校宿舍的墙壁上写下"我是一个中国人，我要为中国做出一些贡献来"，时刻不忘根的陶行知浑身散发着民族气节。为了能够早日完成自己的梦想，陶行知总会付出别人百倍的努力，最后他提前一年从崇一学堂毕业。

1910年，陶行知考入了当时的南京金陵大学中文系。1914

年，陶行知远渡重洋赴美留学，先是在美国的伊利诺斯大学攻读市政，获得政治硕士学位，后在哥伦比亚大学学习，跟随美国著名的实用主义教育家杜威等人学习教育学。1917年陶行知学成归国，在南京高等师范大学担任教务处主任和教育科主任，对学校实施革新。

1923年，陶行知和朱其慧等人组织发起了"中华民国教育促进会"，开始积极促进和倡导平民教育，并且亲自编写了《平民千字课》通俗读本，在全国各地创办了多所平民教育学校。

1927年，陶行知和南京大学的教授赵权愚共同创办了南京实验乡村师范学校，依照生活教育理论为纲材，以自然万物为导向，将广阔宇宙作为教室，把生活实际当成课程，旨在为乡村教育培育出人才。

1931年陶行知从日本学习回国后，开始创办自然科学园，编辑和普及科学知识，提倡"科学下嫁运动"。一二·九运动后，陶行知开始投身民主革命和教育运动。1934年，因欣赏王阳明的"知行合一"学说而给自己取名为知行，后认为"行是知之始，知是行之成"，而且在《生活教育》上撰写《行知行》，从而改名为行知。他极为重视平民教育，先后在当地创办了晓庄学校和育才学校以及社会大学等多所平民学校。

陶行知一生有很多关于教育的著作，但是作为一代伟人，一生总有太多成就,在旁人看来这些都是遥不可及的,殊不知他们所付出的艰辛和汗水。

也许正是母亲曹翠仂一次的请求,让陶行知此后的人生发生了巨大的变化,成了我国著名的教育学家。不得不说,陶行知能成就后来的事业,陶母曹翠仂居功至伟。所以在子女的培养上,父母往往一个小小的引导都能给他们的人生带来巨大的影响。

或许是因为自己读书的机会来之不易,抑或者更多的是有感于时局的动荡黑暗,许许多多的农村孩子接受不到教育的现状,陶行知青年之时便立志要从事教育事业。让那些和自己曾经一样因为各种原因无法入学的孩子能够实现自己的梦想,也让千千万万的母亲能够安心。

1913年,年仅二十二岁的陶行知从金陵大学毕业时,曾在毕业典礼上作为毕业生代表宣读了自己的毕业论文《共和精义》,"人民贫,非教育莫与富之;人民愚,非教育莫与智之;党见,非教育不除;精忠,非教育不出。"

教育,乃立国之本,兴民之基,只有教化民众,才能让国家兴旺富强,抵抗外辱,立于世界之林。而当时的中国教育仍然不普遍,只有有钱人家才能享受好的教育,而渴望通过教育脱贫的孩子仍然被学校拒之门外。

当时的陶行知虽然才走出校园,年轻朝气,可心中的抱负与理想却远超出一般的同龄人。次年,他赴美留学,在哥伦比亚大学攻读教育学。在他看来,改革除弊,非教育不可。在回国之时,他发出了豪言壮语:"我要让全中国人都受到教育。"此后,便就是他长达三十多年的教育生涯。

作为一个积极热心的教育学者,他一方面决心革除旧式的教育方式,推动新式教育的改革,在南京高师任教期间,促成了该校的首届女学生的招生工作,是大学最早招收女学生的实践者。另一方面,他编写了《平民千字课》,在社会推行全民教育活动,只要是他走过的地方,便会将平民教育推广到底。

但同时,他也意识到了要彻底的实施和推行全民教育,提高国民的教育程度和素质,就必须走到乡下去,那是教育界的一片盲区,不管是年幼老少,文化程度都非常低,仿佛在知识界层面发生了断层,如果这一块不重视起来,那么那句"让全中国人都受到教育"就只能作为一句空话而存在。

因此,1926年他提出了一项师范教育下乡的活动,立志要为乡村培养一批优秀的乡村教师,彻底教化和改造村民。这便是陶行知在信中所言:"儿从母亲寿辰立志,决定要在这一年当中,于中国教育上做一件不可磨灭的事业,为吾母庆祝并慰父亲在天之灵。"当时,陶行知决定创办一所平民教育师范学校,可是经费上比较吃紧。于是,醉心事业的陶行知将给母亲祝寿的钱全部投入到了创办试验师范学校之中,他告诉陶母,这是他送给母亲最贵重的寿辰礼物,因为这笔钱帮助了更多的平民小孩接受教育。

他知道自己的母亲向来心胸宽广,从小教育他要报效祖国,所以陶行知知道自己的做法必将得到最大的支持,与此同时,也可以让像母亲一样平凡的亿万中国母亲能够看见自己的子女接受公平的教育。

1927年元月10日,乡村师范学校正式对外招生。陶行知宣布将地名"老山"改名为"劳山",劳动是一个人立地之基,他将校址"小庄"改成了"晓庄",就是"日出而作","教学做合一"成了晓庄师范学校的校训,陶行知所定义的学校不再单纯的以学为主,更多的是学和做的结合。

那时候晓庄是一个很贫困的地方,那里社会秩序也很不好,有吸鸦片的,赌博的,还有打架的,当地黑社会也很盛行。是否选择这个环境极其恶劣的地方,陶行知也曾认真考虑过。平民教育的实施就是要深入最贫困的地区才能取得最好的成效。陶行知当时就借住在农民的牛棚里,虽然条件很艰苦,但是陶行知心中的喜悦是无法言表的。

陶行知早已计划将自己的梦想扎根在中国最贫困的地区,因为这样更容易见证教育带来的成效。晓庄就像他的孩子,他要用自己的方式教育它直到他茁壮成长。

在招生的时候,陶行知就在招生公告里写得很清楚,他的晓庄师范学校既不招收"少爷、小姐",也不招收"文凭和书呆子",陶行知的学校不划分等级。此言一出,作为一所别出心裁的学校,最初只有十几个学生来报名,因为大多数的学校都只会招收有钱人,但是得到了少数人的支持也好过没有人支持,身为校长的陶行知也感到十分欣慰。

作为新式留学生的陶行知脱下了自己的西装,穿上了草鞋和全校的师生一起在晓庄这块地上开荒生活。他们没有校舍,就依靠"一双手"和"一把锄头",用自己的力量来建校舍、盖礼堂甚至开荒种地,一切学习和生活所需都由自己来解决,这种困难是难以想象的。

晓庄不是世外桃源,它没有美丽的风景,没有丰富的物产资源,它是一个荆棘丛生的地方,等着人们来开垦,陶行知选择这里作为教育实验基地是为了让中国最贫困的地方也能兴起教育,证明教育可以让人们过上幸福的生活。

在晓庄师范学校的开学典礼上,作为校长的陶行知在致辞中说:"今天是我们试验乡村师范开学的日子,我们没有教室,没有礼堂,但我们的学校是世界上最伟大的……我们在这伟大的学校里可以得着丰富的教育……"陶行知对晓庄寄予了深深的厚望。

晓庄学校是一个没有教室的学校,天空和大地便成了学校的天然屏障。校舍、厕所、图书馆都需要学生和老师一起修建,在陶行知的带领下,全校师生边劳作边学习,这样他们更能体会到学习的艰辛,会更加懂得珍惜生活。陶行知说生活就是教育,生活是需要人们用双手去创造的,所以想要好的学习环境,就需要自己去修建。

难以得到的东西总是更加可贵,付出汗水浇灌出来的花朵总是开得更加鲜艳。陶行知的教育理念有划时代的意义,从前的学子大多是一心只读圣贤书,两耳不闻窗外事。

陶行知一向主张"生活即教育"的理念,他曾经说道:"教育的根本意义是生活之变化,生活无时不变,即生活无时不含有教育的意义。因此,我们可以说:'生活即教育'。到处是生活,即到处是教育;整个社会是生活的场所,亦即是教育的场所。因此我们又可以说:'社会即学校'。过什么生活,便是受什么教育,过乱七八糟的生活,便是受乱七八糟的教育。"

因此他认为,只有在贫困的乡村中经历这样一番锻炼,学校培养出来的教师才会发自内心地对农民有真挚的感情,才可以培养出既适应贫困的农村生活又能够以自己的知识来改造农村现状的"导师"。在晓庄师范学校,下午都会有工作时间,既有田间的劳作,也有简单的纯手工制作,甚至还有一些校外的实践活动等。

正如陶行知在信中对母亲写道:"儿现在全部的心力都用在乡村教育上,要叫祖宗及母亲传给儿的精神都在这件事上放出伟大的光来。儿自立此志以后,一年之中务求不虚度一日;一日之中务求不虚度一时;要叫这一年的生活,完全的献给国家,作为我父母送给国家的寿面,使国家与我父母都是一样的长生不老。"他将自己全部的身心都放到了乡村教育的事业上,也实实在在地做出了足以自豪的成就。

1928年时,晓庄师范学校已经有8所中心小学、3所民众学校和6所中心幼稚园,其中还有两家民间医院与一家木匠店。随着晓庄师范学校日新月异,周边的乡村都开始纷纷以它为榜样,不断地有其他地方的人过来学习。

陶行知还根据晓庄农民的山歌,填词作曲,取名《锄头舞歌》"手把个锄头锄野草呀,锄去了野草好长苗呀,锄去了野草好长苗嘿,咿呀嘿……"这首歌传遍大江南北,越来越多的学生慕名而来,晓庄不断地发展壮大着。

陶行知就是晓庄的母亲,他用心呵护着自己辛苦培养出来的孩子,看着它发芽、生长,直到长成参天大树。这碗送给母亲的长寿面,造福了多少因为贫困而无法读书的孩子,知识改变了他们的命运,也改变了晓庄的命运。

此时的陶行知已经认定要实现教育改造,就必须先完成乡村改造,他说:"我们要以乡村学校做改造乡村社会的中心,我们要与农人、小朋友做同志,只有这样才可以凝聚很大的力量。"

章开沅教授曾说晓庄师范学校有四奇异,即:校舍奇异、教员奇异、学生奇异以及经费奇异。校舍是自己建的,学校没有老师只有指导员,学生数量不多却胜在质量,最为奇特的则是学校经费来源,几乎全由陶行知私人募集而成。

他在信中写道:"实验乡村师范开办费要一万五千元,经常费要一万二千元,朋友们都已答应捐助,只要款项领到,就可开办。"而在此前,他将自己给母亲祝寿的钱也都贴了进去。

滚烫灼热的爱国教育之心跃然纸上,在陶行知看来,为国尽忠亦是为母尽孝。他深信以母亲的为人性情一定会赞成他这样做,他这样也正是要将祖母和母亲的精神发扬光大。这又是多么深沉的孝顺之情。

陶行知的母亲一生勤俭恭谨,教子有方,但却是个文盲,并不懂得识字。陶行知开始推行乡村教育生活时,就提出了一个"小先生制"的教育方法,由家及村,由村及乡,不分年幼大小,只要识字之人均可为师。

因此,陶行知的次子小桃在家之时就负责教导祖母识字读书。一段时间下来,陶行知的母亲曹翠仂就能勉强识字,看懂书信。陶行知不时也能接到家中母亲寄来的书信,这是对他事业的极大肯定。

母亲的默默支持更增加了陶行知的信心,陶行知曾感慨地说:"教育的计划,方法都是次要的,一切的条件是同志们肯不肯把整个心献给乡村人民和儿童,真正的教育是心心相印的活动,唯独从心里发出来的才能进入内心的深处。"

陶行知在创办晓庄师范学校期间,一切事情都得由他亲力亲为,原本打算回家过年与亲人团聚的行程也被取消了,这让原本就未能留在身边照顾母亲的陶行知心感愧疚,但更多的是埋藏在心底的思家之情。母亲给他最大的宽慰就是能够简单地写几个字,可以寄一封家书。每当看完母亲的信,陶心知内心总有一股暖流,治愈了最深处的孤独。

常年在外忙碌奔波,享受家中的亲情这对陶行知来说已是一件不易的事情。思绪千回百转,胸腔中满溢的思念上涌又被压下,月圆了又缺,人来了又走……最终只能化为一声轻叹,收敛起所有的情绪,然后云淡风轻地在信纸上淡淡地报一声平安,不能相见,若知安好,便亦是最大的幸福。

1933年10月,陶行知的母亲曹翠仂病逝时,陶行知心伤欲绝,回想起过去种种,往事一幕幕涌上心头,让他对母亲愈发的思念,可是当初还在自己眼前慈爱微笑的人却已如轻烟般远去,再也回不来了。人生最遗憾的事情莫过于"树欲静而风不止,子欲养而亲不待",父母一生最大的期盼就是儿女常回家看看,可是儿女总会在忙碌于自己的生活时忽略了他们,直到失去父母,才幡然悔悟。

陶行知思母情切之下曾做小诗《慈母遗刀》来缅怀母亲,诗中写道:"这把刀,曾剃三代头。细数省下钱,换得两担油。"物犹在,人已逝,空伤悲。简朴的诗句道出了陶行知对母亲的深深眷恋之情。

陶行知将自己一万多元稿费全部捐献出来作为平民教育经费,陶母去世后,他又把母亲的人寿保险拿出来奉献给人民教育事业。

第三章 剪不断,别是一番滋味在心头

潘漠华致潘纳：
给霖弟

人生无处不相思，最是蚀骨思乡情。一个人无论离家再远，心里永远牵挂着一个地方，那儿有着幼时的童真回忆，少时的青春美好。只是恍惚间，时光匆匆，岁月悠悠，早已是一个人独处他乡，仰头看着天上的明月，才会真正地体会到"月是故乡明"。

潘漠华十八岁外出求学，此后一直都在外生活，即使逢年过节之时，也只能空掬一把思乡之泪，对月怅惘，怀念家乡的亲人和好友，用清风明月寄去自己的思念之情。

霖弟：

  时光像箭一般地过去，现在又年边了。今年，我总不能归来和你们同乐新年了！想起，有时也觉得难过。近几年来，常想起你们近来又在卖春联了，我仿佛从北京飞归来，搞在你们的身边，红纸艳艳地摊在

欲作家书意万重

我的面前。今天吃夜饭时,又和同房的周君说起春联来,那时我更想到你们了!

……一到十二月,正是一年尽头的时候,商人也收账了,匠人也歇工了,就田野的树木藤草,在北京四郊看起来,也都萧条了,所谓"冬藏"了。只是我却远离你们,将在北京度过年,不能归家来,坐在你们的身边,说说我这一年来的旅情。我有些茫然了!

……出外人到岁暮时,真有许多话想向你们说说呀!……我长久已没有听到人喊我一声"恺光"了!他们都喊我"潘训",及别的名字。就这一点说,也想起家乡来了。面前放着几盘菜,清清淡淡地吃起来,觉得没有在家时吃得那般有味,少吃点我也就不吃了。想起到卅夜时,家乡那般乐得融融,我在北京将仍如常地守过这今年最后的一夜的,我更茫然了!母亲近来安好否?一年未沐慈光了!在御河前晚步时,在寒风飘雪独自对灯思乡时,由南方想过去,想到沪、杭,想到兰、金,想到九间头后,最先想起的便是母亲!

……淋弟!我们的父亲归到哪里去了呢?所谓"昌猷",那个人哪里去了呢?这真人生可哀的谜了!寰

第三章 剪不断，别是一番滋味在心头

> 球弟，在杭州时有一明片寄我，他现在当已到家了？也许，此信到家时，他已离家了。……
>
> 我终日奔走于学校及寓所之间，本也忘去时日已到年边了。……你要放火炮时，若放得响一点，也许我在北京会听到的。在卅夜庭燎的光烟里，你被火炙得很红的面，也许我在北京会看见的。……在这岁暮时，我敬祝你新年的光丽！明年我再和你长谈吧，今年这是末信了。
>
> 怛光
>
> 在北京夏历十二月十八日

"时光像箭一般地过去，现在又年边了。今年，我总不能归来和你们同乐新年了！"潘漠华在写给五弟潘纳的信中，第一句话中就充满了浓浓的思亲之情，可是这又包含着多少的失落与怅惘。一个"总"字叹出多少愧疚和遗憾。一年中最喜庆的日子，莫过于一家人欢聚的时刻，可是自己却只能在他乡度过，身边围绕的只有冷清和寂静，这又哪里比得上家里的温暖和热闹。

其实，潘漠华多么想能胁下生出双翼，然后翻山越岭，奔赴远在千里之外的家乡，尽情地和家人一起卖春花，贴春联，就连春联的对子都想好了……

欲作家书意万重

每当过年,在这样一个万家欢聚,家人团圆的时刻,潘漠华都会在信中写道,就连"商人也收账了,匠人也歇工了,就田野的树木藤草,在北京四郊看起来,也都萧条了,所谓'冬藏'了。"

是啊,在这样一个严冬的季节里,却只留下他孤单单的一个人,看着这萧索的四周,心中更添一份迷茫。想着那温暖的家,那些可亲可爱的亲人,潘漠华此刻又该是多么的想念他们,想立即回到他们的身边,一起嬉戏玩笑,看花灯游人,走家串户……

可是,这些对潘漠华这个不能回家过年的游子来说,也只能在心里幻想罢了。但那愁人的思念却怎么也赶不走,仿佛入口绵长的烈酒一般,在胸腔内不断的发酵、膨胀,似乎要撕裂胸膛,爆开身体。

他只能借着心中的这股激荡的情绪,将心里那份对亲人的思念之情写下。希望邮差能带去他的思念,化在亲人的心间,让他们感受到异乡游子的思亲之情。

万家灯火闪烁,不时传来欢声笑语,唯独潘漠华对窗埋头写着书信,咀嚼着难熬的思念。写着写着,一缕凉风吹来,潘漠华抬起头,望了望窗外,眼睛不觉湿润了。想念愈加深了,可是终归回不去。

展开信纸,潘漠华忆起了离家前的情形。离家在外,他不

第三章　剪不断，别是一番滋味在心头

知道门前的那些树是否还在，曾经不时入梦的九间头，它那粉壁白墙的模样是否发生了改变，临近家的菜园里，如今可还有野西瓜……一桩桩，一件件，如场景般在眼前挥之不去，如梦似幻却怎么也逃脱不开。这蚀骨的酒一旦入口，便再也无法戒掉了。

那些离去的往事，那曾经的年岁，那片曾踏足过的土地，如今只能在梦中再去走上一遭了。在梦里，依旧也还得再吟上一句"雨后一峰青""墙头时送野花朵"这样的诗句。西山鸢上拾柴火，山下人家炊烟起。多么美好的愿景，此后也只能作罢。

他是多么想立即飞奔回家乡，回到亲人们的身边，让他们抚摸自己的脸颊，亲切地唤一声"凯尧"，听着那亲切的乡音里溢出来的名字，将整个的心都装得满满的，暖暖的，顷刻间就驱散了冬日里的凄清和孤寂。

卅夜，窗外是万家灯火，可是却没有一盏能温暖自己的心；耳边是鞭炮声声，可是却没有一串能驱赶心底的孤寂。桌前是几样小菜，但怎样也吃不出家里的味道，只觉得一股涩涩的、凉凉的滋味在齿间徘徊不去，最后落入心间，泛起一股酸酸的感觉。

在这样一个欢腾喜庆的日子里，这思家的感觉，又怎么样才能逃得开。想着家里的你们应该是正围坐一桌，桌面上布满了菜，大家正开心地一起守岁跨年，度过一年中最后的一天，一个夜晚。可是，在这样的一个日子里，自己却无法陪在你们的身

旁，不能和你们一起迎接着新年的来临，这是多么让人惆怅的一件事。

"父母在不远游"，不知道家中的亲人可还身健体康，不管离家多远，亲人永远是心中最永恒的思念。还有那幼时可以依靠撒娇的女子，如今已是白发苍苍。可每每想到她那在厨房忙碌的身影，深夜在灯下的穿针引线，黎明时分的踏露外出……心头涌起的是不可言说的温暖和感恩。潘漠华说："我们可不信佛，我们只要皈依母亲！"有母亲的地方，便永远都有家，有温暖！

早在1922年时，潘漠华便曾经写了一首《离家》：

> 我底衫袖破了
>
> 我母亲坐着替我补缀
>
> 伊针针引着纱线
>
> 却将伊底悲苦也缝了进去
>
> 我的头发太散乱了
>
> 姊姊说这样出外去不太好看
>
> 也要惹人家的讨厌
>
> 伊拿了头梳来替我梳理
>
> 后来却也将伊底悲苦梳了进去
>
> 我们离家上了旅路

第三章　剪不断，别是一番滋味在心头

> 走到夕阳偏山红的时候
> 哥哥说我走得太迟迟了
> 将要走不尽预定的行程
> 他伸手牵头就走
> 但他的悲苦
> 又从他微微颤抖的手掌心传给了我
> 现在就是碧草红云的现在啊
> 离家已有六百多里路
> 母亲的悲苦从衣襟里出来
> 姊姊的悲苦，从头发里出来
> 哥哥底悲苦，从手掌心里出来
> 他们结成一个填密的悲苦的网
> 将我整个网着在那儿了

无限思念，付诸笔端。这种思念就像一张网，就算身处再远，也逃不开这张网。这张网大概就是亲情的脉络，纵横交错，却又无处不在。

忆往昔，在家之时，母亲坐在油灯下缝补衫袖，这多么像孟郊的《游子吟》："慈母手中线，游子身上衣。临行密密缝，意恐迟迟归。谁言寸草心，报得三春晖。"那浓浓的关爱之情，都

被一针一线地缝进了衫袖之中，化作那密密麻麻的针脚，却刻在了心头。

也许只有在母亲的眼中，他才永远是长不大的孩子，永远有被包容的权利。可是现实中他终归是要长大的，会离开自己心爱的父母，走向自己的远方。就像春天树上的一窝麻雀，此时空留雀巢。母亲的身体还好吗？未曾在她生病的时候，留在身旁。爸爸的骨头还硬朗吗？母亲缝好的不仅仅只有薄薄的一件衫袖，而是一颗独自在异乡飘零的心。曾经帮自己梳头的姊姊，如今可还好？

时久未见，你是否也像自己这般想念你一样想念着远方的人？当初不懂离家时的悲苦，而今尝尽其中滋味，才明白原来是这般的苦涩，你那悲苦早已在时光的流逝中被酿成了一杯极苦的酒，每当思亲之时，便饮尽一口，以解思乡之情。

那曾经牵着自己的手的哥哥，你现今怎样？当年须你牵着走的小孩已经长大成人，客居异乡。只是，掌心上早已刻下了你当年的悲苦，我的纹路。走不尽的旅途，但再远也能循着掌心的纹迹找到回家的路。

写这首诗时，潘漠华已经离开家乡，在浙江第一师范学习学习。1920年，十八岁的他，离开家人，开始了以后独自生活的旅程。此时虽然还算不得远行，但对于一个刚及弱冠之年的少年来

第三章 剪不断，别是一番滋味在心头

说，独处在一个陌生的地方，看着从身边走过的不同的形形色色的陌生人，就连拂过面颊的风在这个时候都显得那般陌生，这不得不让人泛起思亲之情。

在外求学难免会遇见各种困难，这些困难如果可以和亲人述说，又是件多么幸福的事情。可是在那个信息不发达的社会，收到一封家书要很久的时间，每当给家里写信的时候，潘漠华提起笔，发现能写下的都是"平安"，怕爹妈挂念，更不敢表露自己的思念，只能在写给兄妹的信中抒发几分想念。

幸而，他在这儿结识到了一些志同道合的文学朋友，彼此往来，尚可慰藉。但是一个文艺青年远比一般人要敏感，所以他的作品中往往也会流露出对家的思念，表现出淡淡的哀愁。

同时在新文化运动的熏陶下，潘漠华对文学的热爱变得更加热烈，他开始了自己的诗歌创作，并多次在《诗》等刊物上发表自己的白话诗。

入学第二年，他就和汪静之以及柔石等人一起成立了"晨光社"，这是当时杭州的第一个文学团体。同时还邀请了朱自清、刘延陵和叶圣陶作为晨光社的顾问，并以当时的《新浙江报》的"晨光"副刊作为文学社的阵地，宣传和发表新文学的作品。

飞扬的青春，热血的青年，在当时那个动荡的年代里烙下了属于自己的印记。1922年，潘漠华和冯雪峰、汪静之等人再次组

织成立了"湖畔诗社",随后相继出版了白话诗集《春的歌集》与《湖畔》,其中分别收录了潘漠华的五十二首新诗与十六首白话诗,"湖畔诗社"还分别得到了鲁迅等人的赞赏和肯定。朱自清曾评价潘漠华的诗歌:"就艺术而论,我觉得谟华君最是稳练缜密。"

当时的他们,经常在西湖上泛舟游湖,畅谈诗歌。青年的文学理想似乎在这里实现了,在晦暗的天空里,一只展翅的小鸟从半空中斜斜地掠过,承载着他的理想之光,奋力地飞向天的尽头,消失在极目远眺之处。

可是,当一个人宁静下来时,内心中似乎有股莫名的情绪在跳动,那么不安而有力。思家的念头一日胜过一日,直至在遏制不住之时,挥笔在纸上写下《离家》,将心中思家的悲苦化成笔墨,在纸上泗开,晕染成一朵朵墨色的莲花,花开不败!

这封信写于1925年,潘漠华还在北京大学外国文学系念书。如果安安静静地做一个文学青年,或许潘漠华以后的日子不会那么颠沛流离,也不会过早的失去年轻的生命。然而,没有如果,写这封信的潘漠华也料想不到自己后来多舛的命运,在信中,他单纯地向远方的家人诉说着自己最深切的思念,与他们共享着世间最纯粹的情谊。

潘漠华在1926年的秋天离开了北京大学,南下武汉,以共

第三章 剪不断，别是一番滋味在心头

产党的身份加入了北伐先遣军的第三十六军，此后便开始自己的军旅生涯。但在经过1927年的"四一二"反革命和"七一五"汪精卫的革命叛变后，潘漠华愤然中离开了北伐军，再次回到了杭州，这个曾经有着他年少青春梦想的地方。不同的是，当初怀揣着文学梦想，如今心中怀揣的却是革命梦想。

潘漠华的一生多次被捕，也许是上天的眷顾，所以他能够一直平安逃脱。但是潘华并没有从此就放弃革命事业，若是安心做一个文人，潘漠华的一生可能就平坦舒适得多，也不会早早地失去自己的生命，或许还能在晚年，膝下子女成群，尽享天伦之乐，弥补自己早早失去的亲情。但是选择了革命之路后，潘漠华从来没有后悔，从始至终坚守着自己的信念。

1933年年底，由于左联内部混入敌探，潘漠华在天津的河北大旅社第五次被捕。在落入敌手的一刹那，他迅速撤掉了安全信号，保护了党组织和同志们。潘漠华早已不畏惧敌人黑暗的监狱，只是偶尔看到小窗外几只飞过去的小鸟，潘漠华眼睛模糊了，他多想写封信寄给家里的爹娘。

世间的残酷更让人眷恋小家的温暖，每个在外受伤的孩子都想回到自己的家。可是为人民而战斗的潘漠华早已四海为家，偶尔想起家中白发斑斑的爹娘，只能泪满衣衫。那个时期，有多少革命烈士为了祖国而远离最温暖的家，对自己的亲人心怀最深

的愧疚。可是家中的父母亲，对他们却无比宽容，只道"勿念、勿念"。

在潘漠华被捕后的一个多月时间里，反动派依旧使用最常用的手段将他押回旅社去作"钓饵"，以诱捕其他中共党员。晚上，他被关押在国民党天津市党部特务队，遭受到了严刑逼供。潘漠华如同当时大多数的中共党员一样，带给敌人的是更多的畏惧，而这种畏惧也注定着中国革命未来的走向。

面对反动派的威逼利诱，潘漠华经受住了考验，严守住了党的机密，因为在一次次逃生中，潘漠华早已经长成为一位合格的中国共产党党员，早已将个人生死置之度外，就算死也不会把党的秘密透露给敌人。

一无所获的敌人将他转押到天津法院看守所。他被关入一间阴暗潮湿的单身牢房，恶劣的监狱环境，晚上常有老鼠和蟑螂出没，酷刑折磨得他身患重病，全身蜷缩着忍不住地痉挛，潘漠华忍受着极度的痛苦。

在监狱的日子，敌人阻断了他和外界的联系，连一封家书都无法寄出。躺在潮湿地板上的潘漠华被思念和疼痛折磨着。一个人活在世上，身体死了是小事，最怕的是心的折磨。每次挨了打就想起母亲，母亲向来最疼爱他，如果看到他这样，大概会坐在灯前流一夜的眼泪。古人有言：身体发肤，受之父母。在古代就算断了一根头发,都会被看作是对父母的不孝。而那个时代,献身于国家,才是孝。

就算遭受了各种酷刑,潘漠华还是展现了惊人的毅力,一言不发,最终敌人也无可奈何。没有证据,也无法判处潘漠华死刑。反动派向来秉着"宁可错杀一千,不可放过一人"的残酷政治手段,后来敌人只能以"共产党嫌疑犯"的罪名,判处他五年刑期,囚于天津河北省第一监狱。

潘漠华进了监狱,失去了自由,却又走上了对敌斗争的第二战场。他仍然牵挂着党和同志们,收买狱卒,千方百计从狱中传出信件,把在监狱听来的消息报告给党组织。为了抗议监狱当局对政治犯的虐待和迫害,他抱病和难友们一起,以血肉之躯作为唯一的武器,先后发动三次绝食斗争,与敌人展开了生与死的抗争。

1934年12月24日,当狱中第三次绝食斗争取得胜利之际,潘漠华遭到敌人浇灌滚烫的开水而惨烈牺牲,时年三十二岁。

不知未来前程,只看今朝。1925年的潘漠华预见不了自己的命运,也无法得知今后的人生轨迹。此时的他,在写这封信时,只有浓浓的思乡之情,对故土、对亲人的想念。离家的游子,就如在空中飞翔的纸鸢,即使飞得再高、再远,始终有一根线牵着,轻轻一拉,便会知道那就是自己的来处。

然而，人生不自由。即使知道来路，可是却无法抵达，只能不停地驻足回望。每回头看一次，思念便增加一分。到现在都只能全部化成纸上密密麻麻的字，每一个字都承载着自己思念的重量。

潘漠华在信中写道："我们从那人丛中走到一座石桥上时，看北方的大野黄埃无际，天上无微云，只四望有缭绕的村烟，骑着驴的，携着篮的。背着袋的，男男女女，来返于黄沙滩上，那是我感到岁暮了，感到我不能归乡来过年的惆怅了。"倦鸟念故林，游子思家乡。

文人的内心都是极其敏感的，他们渴望外界的关怀，对于家人的想念比平常人更添几倍。

岁暮之时，散落各地的人都开始匆匆返乡，回到那个自己挂念了一整年的地方，感受着亲人的温暖，享受着亲情的珍贵。面对此情此景，依旧在外的潘漠华的内心该是何等的孤寂和惆怅，只能叹一句"断肠人在天涯"。

可是连景物也不是那么恰如人心，远处升腾而起的袅袅炊烟，多像小时候在家的情形。过年时节，母亲必定会烧起红旺的柴火，在烟雾缭绕中映照出灿烂的笑容，而自己必定会端出一盘刚蒸热的年糕，欢喜地走到母亲跟前，唤她一声："娘！吃年糕！"新年中的第一声唤，是多么的暖人心底。不只是自己，就

第三章 剪不断，别是一番滋味在心头

连母亲，那笑都好像从眼底蔓延到了心里。

那时候鞭炮声一响，全家人都围在餐桌旁拿起筷子，一杯杯地倒着新酿的美酒，满桌的家乡菜是那么合口。就算不吃，坐在桌旁也能沾染到那些喜庆，整颗心都浸泡在热腾腾的香气中。

可是，今年的自己却不能这么亲热的呼唤母亲了，就连跟霖弟你一起放火炮都不行了……潘漠华在信中无不怅惘和失落地说："在那时，也许我在北京早已醒着睡不去了；或梦里不知身是客，正在大做着年初一在家乡开门，请母亲吃年糕的梦的！"这该是多么深切的思亲之情，才会有着入梦的情形！

儿远游，带着亲人数不尽的牵挂。那些存留下来的家书，之所以让读者看得潸然泪下，大概也是想到了今天的自己。我们为了不同的理想奔赴远方，留下家中殷殷期盼的爹娘，还有那些儿时的伙伴，昔日家门前嬉戏的时光恍如隔世。而今都不敢轻易回忆，怕独留自己一人心伤。

大概人的一生最美好的时光，就是童年。无忧无虑地依偎在爹爹人腿上，仰望着小脑袋，听那些别人的故事，直到演绎在自己身上。

亲情就是晚归时家里的灯光一直亮着，桌上摆放着热气腾腾的晚餐。

梁启超致子女：
给我的孩子们

翻开清末的历史，在那风雨飘摇、山河失色的岁月中，有一个名字我们总会记忆深刻，它就是梁启超。

从维新变革到戊戌变法，从领导革命到著书立说，从推广新学到专注教育，梁启超在他的一生中留下了太多的传奇色彩。然而，他最成功和最能自傲的却是在对待子女的教育上，世人云："梁氏一门，九朵奇葩。"

梁启超的九个子女，分别是梁思顺、梁思成、梁思永、梁思忠、梁思庄、梁思达、梁思懿、梁思宁和梁思礼。长女梁思顺，自小便聪慧异常，由梁启超带在身边亲自教导功课和国学，在梁思顺还年幼的时候，梁启超便让她在学习之余编撰《艺蘅馆词选》，待后来出版时，颇受外界的好评，甚至再版发行。

长子梁思成，中国著名的建筑学家，也是中国历史上第一个采用现代性的科学方法对古代建筑进行分析的学者，不仅开拓出了中国建筑史的新的研究道路，同时也编著了我国第一部的《中国建筑史》，是中国建筑史上的奠基人。

次子梁思永，著名的考古学家，是中国第一个受过西洋近代考古学正式训练的学者，他的考古学研究将中国的考古学推进到了近代考古学的范畴，同为著名考古学者的安志敏称赞梁思永是中国近代考古学的开拓者之一。

三子梁思忠，先后在美国的弗吉尼亚陆军学校和西点军校学习，回国后参加了十九路军的抗战，但不幸英年早逝。次女梁思庄，著名的图书馆学家，毕生致力于西文编目工作和教育事业，是国家首屈一指的图书馆学者、专家。四子梁思达，经济学研究方面的著名学者，南开大学经济学系毕业后，一生专注于经济学的研究，编写了《中国近代经济史》。

三女梁思懿，毕业于美国南加州大学的历史系，后在中国红十字会的对外联络部就职，从事中国的对外友好联络工作。四女梁思宁，曾在梁思懿的影响下参加革命，投奔了新四军，成了陈毅手下的"特殊的兵"。五子梁思礼，著名的火箭控制系统专家，他将中国的导弹控制系统推进到了一个新的阶段，是中国航天事业的开拓者之一。这九人真可谓是"满门俊秀"。细察其中，这其实也和梁启超的谆谆教导与细致教诲有关。

上个世纪初期，西学东渐，中西交汇，这在当时的中国学界刮起了一阵强劲的新学之风，西方的科学、民主精神如春风般席卷而来。当时，已然有着深厚中国传统儒学基础的梁启超，很快便融贯东西，不仅在传统学术上大放异彩，而且在西学上也是获益良多。这后来成了他教导子女的方式。

梁启超早年曾热衷政治，希冀能用自己的力量来改变那个破旧且黑暗的社会。然而，在屡经失败和不如意之后，尤其是随着孩子们的一个个出生，梁启超晚年将自己的全部精力都放到了对孩子的教育和培养上来。在1911年至1928年期间，梁启超写给孩子们的家书就多达四百余封，20世纪20年代时，梁启超的几个子女都在国外求学，彼此之间的书信往来更加的频繁密切。而梁启超的信件大多都是寄往长女梁思顺的住处，然后再在孩子们中间传阅。

当时，对于还在国外读书学习的孩子们来说，父亲梁启超的信一直都是他们所渴盼的，如果隔段时间收不到父亲的来信，一个个便垂头丧气，一旦收到来信便欣喜若狂。在信中，他们会和父亲倾诉自己生活的烦恼，告诉他们自己的想法，以寻求积极的建议，或者只是分享生活中的乐趣。

梁启超喜欢在信中称呼自己的长女梁思顺为"大宝贝"，次女梁思庄为"小宝贝"。而梁思成和梁思永则是"不甚宝贝"，亲昵的称呼，带着无限的喜爱，仿佛不论时光如何变换，岁月如何转移，在梁启超的心里，儿女们永远都是他捧在手心里的"宝贝",即使那个牙牙学语、蹒跚走路、委屈时爱抽鼻子的小女孩和小男孩已经长大成人,可他依旧是他们最温暖的港湾,是他们最坚实的后盾。

每当想念或高兴之时,轻轻地唤一声"宝贝",顷刻间便将内心装得满满的,一股血脉的流动在四肢蔓延,那是怎么样也割舍不断的亲情。

在写给孩子们的信中,梁启超不再是笔尖锋锐的革命者或批判家,而是笔尖传情、笔墨情深的父亲,那字字珠玑也不再是投向敌人的锋利匕首,而是投映在孩子们心湖里的拳拳父爱,显得热情奔放、情真意切,让人为之动容。

面对孩子们,他褪去了身上锋锐的气息,只是一位心慈和善的父亲,是一位平等交往中的亲切的朋友,是一位可以吐露心声、倾诉心情的挚友。他会亲切地唤长女梁思顺为"娴儿"或"宝贝""顺儿"等,也会亲昵地叫小儿梁思礼为"老白鼻",来自谐音"老baby",逗玩最小的儿子成了他晚年生活中最重要的乐趣之一,这个时候的他就好像是老顽童一样,玩心大发。

他也会称呼排行第六的梁思宁为"六六",叠音词的发音,似乎总带着一种绕齿的温暖在其中,充满了韵律感。而每次在给孩子们写信时,总是会写着"我的孩子们"或"大孩子、小孩子们",其中的父爱之情溢于言表。

欲作家书意万重

每隔一段时间，梁启超就会给在外地尤其是在国外求学的梁思顺等人写信过去，然后等待着他们的来信，从中获悉他们的点滴。尽管他自己的工作繁忙，但在对待孩子时，却是事无巨细，必定亲力亲为，过问每项事物。即使就是忙的抽不开时间写信时，也会用其他的方式表达自己的思念之情。

我的孩子们：

我像许久没有写信给你们了。但是前几天寄去的相片，每张上都有一首词，也抵得过信了。

今天接着大宝贝五月九日，小宝贝五月三日来信，很高兴。那两位"不甚宝贝"的信，也许明后天就到罢？我本来前十天就去北戴河，因天气很凉，索性等达达放假才去。

……

我还是照样的忙，近来和阿时、忠忠三个人合作做点小玩意，把他们做得兴高采烈。我们的工作多则一个月，少则三个礼拜，便做完。做完了，你们也可以享受快乐。你们猜猜于些什么？

庄庄，你的信写许多有趣话告诉我，我喜欢极了。你往后只要有水陆都有信，零零碎碎把你的日常

第三章　剪不断,别是一番滋味在心头

生活和感想报告我,我总是喜欢的。我说你"别要孩子气",这是叫你对于正事——如做功课,与及料理自己本身各事等——自己要拿主意,不要依赖人。至于做人带几分孩子气,原是好的。你看爹爹有时还"有童心"呢。

你入学校,还是在加拿大好。你三个哥哥都受美国教育,我们家庭要变"美国化"了!我很想你将来不经过美国这一级(也并非一定如此,还要看环境的利便),便到欧洲去,所以在加拿大预备像更好。稍旧一点的严正教育,受了很有益,你还是安心入加校罢。至于未能立进大学,这有什么要紧,"求学问不是求文凭",总要把墙基筑得越厚越好。你若看见别的同学都入大学,便自己着急,那便是"孩子气"了。

思顺对于徽音感情完全恢复,我听见真高兴极了。这是思成一生幸福关键所在,我几个月前很怕思成因此生出精神异动,毁掉了这孩子,现在我完全放心了。

……

民国十四年七月十日

他在信中开篇写道:"我像许久没有写信给你们了。但是前几天寄去的相片,每张上都有一首词,也抵得过信了。"在当时的那个年代,能像梁启超一般如此频繁地给子女写信且直白的表露自己父爱的人委实不多。

信中聊的本是家常之事,写的也大多是生活中的琐碎之事,可是从梁启超的笔尖倾泻出来却充满了温馨和乐趣。

远在异国他乡的人,最孤单的不是只有自己一个人,而是心底的寂寞,而这个时候能收得到一封家信,知晓亲人的生活,无疑是最开心快乐的事了。

梁启超用他那真挚的父爱为在国外求学的孩子们编织起了一张巨大的充满爱的网,将他们都笼罩在其中,即使相隔万里,那股温情依旧可以准确地传递到心底,仿佛有千万条的看不见的丝线将他们牢牢的牵连着,而梁启超就是网中央的那个充满爱的力量的光源,在孩子们的天空里熠熠生辉,驱散孤独寂寞和冷清,留下绚烂的阳光,只余爱的温度。

梁启超在年轻的时候,曾经吃过科举的苦,因而在对待自己的孩子时,总是尽量让孩子们去挖掘自己的兴趣爱好,他只是从旁边加以引导。他更希望孩子们能在学问上自己拿主意,而不是依赖他人,正如他在信中对梁思庄说道:"这是叫你对于正事——如做功课,与及料理自己本身各事等——自己要拿主意,不要依赖人。"

　　故而，尽管他希望梁思庄能学生物学，但还是让梁思庄学了自己感兴趣的图书馆学，最后梁思庄确实没有让梁启超失望，成了图书馆学领域内的著名学者和专家。如果，梁启超事事都为孩子们安排好，让他们走上一条已经选好的道路，或许现在可能就不会出现"满门俊秀"，也可能看不到"九朵奇葩"了吧。

　　每次在信中，梁启超也会叮嘱孩子们学会知识，不要落下功课。这个时候的梁启超，既是一位慈父，也是一位严格的导师。他曾在写给梁思成的信中说道："莫问收获，但问耕耘。"

　　教导孩子们在学问上应当注重过程，努力做好当下，而不是首先想到将来的成就，这种事情太过于缥缈，只需要尽自己的能力去做，做到哪里就到哪里，又何必强求呢？

　　在梁启超看来，"凡做学问总要'猛火'和'慢火'两种工作方式循环交互着去用。在慢火的时候才能令所熬的起消化作用融洽而实有诸己。"因此，实实在在、踏踏实实地去做好当下的事情，远比急功近利的追求结果要来的好。

　　在写这封信时，次女梁思庄虽然已经跟随大姐梁思顺在美国留学，但由于年龄的原因，她还不能进入美国的大学就读，这对一向自尊心很强、对自己也很有信心的梁思庄来说是一次不小打击。

她曾经在信中专门对梁启超抱怨了这件事情，为此，梁启超在信中语重心长地对她说道："至于未能立进大学，这有什么要紧，'求学问不是求文凭'，总要把墙基筑得越厚越好。你若看见别的同学都入大学，便自己着急，那便是"孩子气"了。"

梁启超自己一生都专注于学术，但并不在意是否中举，因而在自己的孩子身上，他同样也不希望他们将目光只是停留在文凭上。梁启超曾将学问精神归纳为"无所为"，倘若事事都"有所为"，反而会禁锢自己的脚步。

他有次给梁思成讲解何为"有用"、何为"无用"之时说："为中国文化史及全人类文化史起见，姚、宋之有无，算不得什么事。若没有了李、杜，试问历史减色多少呢？我也并不是要人人都做李、杜，不做姚、宋。要之，要各人自审其性之所近何如，人人发挥其个性之特长，以靖献于社会，人才经济莫过于此。"

言下之意，也是希望梁思成不要学做姚崇、宋璟，而是做李白或杜甫，在"无所为"中做出自己的贡献，于社会也是尽了一份自己的力。

在梁启超的孩子们中，长女梁思顺、长子梁思成、次子梁思永等都是在美国读书学习，所以在梁思庄选择大学时，梁启超希望她能到加拿大去。就如他在信中所写的："你入学校，还是在加拿大好。你三个哥哥都受美国教育，我们家庭要变'美国化'了！"他希望孩子们能接受西方的多元化教育，而不仅仅是固守于中国的传统教育。

当孩子们还小时，他就已经教了他们国学，为他们打下了儒学基础。梁思顺还在幼年时，就跟着梁启超学习，后来成了著名的诗词研究专家，而梁思成出车祸住院时，还需要不停地看《论语》《孟子》等书，结果两个月将国学都差不多学习了一遍，即使是到了国外学习建筑学后，梁启超依旧还是要长女梁思顺不断督促和检查长子梁思成的国学学习情况。

在国学打底、西学为辅的情况下，梁启超希望自己的孩子们能正确地选择一条适合自己的道路，在多元化中寻找自己学习的意义。而为了避免"美国化"，梁启超在信中给次女梁思庄分析了让她去加拿大学习的原因，尽管后来梁思庄没有听取梁启超的建议，依旧选择了进入美国的大学学习，但梁启超同样还是尊重了她的选择，在他看来，自己的建议能被采取更好，不能被采取，能让孩子们按照自己的喜好选择也不错。

也正是在他这种开明和宽容的父爱下，孩子们对梁启超充满了感激和喜爱，将他当成了自己最真挚的"朋友"，不管是学问，还是情感，甚至是政治问题，都乐意出来和梁启超讨论一番。这应该也是梁启超作为一个父亲的人格魅力了。

在当时，梁启超希望促成梁思成和林徽因的婚姻，但由于夫人李惠仙的阻挠，始终不能成功，再加上长女梁思顺对母亲的维护，梁启超进退维谷，两面为难。后来在得知梁思顺对林徽因消除了敌意后，内心异常高兴，如他在信中所写的："思顺对于徽音感情完全恢复，我听见真高兴极了。这是思成一生幸福关键所在，我几个月前很怕思成因此生出精神异动，毁掉了这孩子，现在我完全放心了。"

作为一家之主，他关心孩子们将来的幸福，但也不愿因此造成现在家庭里的不和睦，他就如同一个掌舵人，小心翼翼地维持着家这艘船的平稳前行，让它能安稳地避开风雨暗礁，顺利地驶向更广博蔚蓝的大海。

他不愿去逼迫长女，也不忍心这样做，更不愿就此毁掉长子的幸福，于是，他只能将所有的苦闷都埋在心里。一旦这块巨石搬开时，便就像他在信中所流露出来的一般，那会是一种异常的轻松和欣喜。这种喜悦，是来自对家的眷恋，是来自孩子们间的欢愉。

随着大革命热潮的推进，国内的政治形势也越来越严峻，许多的青年学生都纷纷走出校园，希望投身到革命之中。当梁启超在长女梁思顺的信中看到"不能不管政治"时，他说："近来我们也很有这种感觉。你们动身前一个月，多人凝议也就是这种心理的表现。现在除了我们最亲密的朋友外,多数稳健分子也都拿这些话责备我,看来早晚是不能袖手的。现在打起精神做些预备工夫,等着时局变迁再说吧。"

其实,于梁启超而言,他并不赞同孩子们去参加革命运动,他在1922年《为学与做人》的演讲中就曾大声疾呼,他希望看到大好的青年能在校园里认真地学习和做学问,而不是在那些官僚政客的腐败政治下拿起武器、投身革命,这对于社会、对于人类来说都是一件痛心的事情。

所以当在美国留学的梁思忠提出要归国参加革命时被梁启超拒绝了。后来在1927年时,北伐早已经脱离了原来的初衷,大革命也面临失败,梁启超再次在给梁思忠的信中说:"现在所谓北伐,已完全停顿,参加他们军队,不外是参加他们火拼……自从党军发展之后,素质一天坏一天……这样不分皂白切葱一般杀人,死了真报不出账来。"

同时也给梁思顺的信中,说:"他(梁思忠)所择的术政治军事,又最含危险性,在中国现在社会做这种职务很容易堕落。"让她多加关心和留意梁思忠的情形,在必要的时候加以指点。如此拳拳父爱,读来又岂能让人不动容?

在梁启超写给子女的几百封信中,其中涵盖的内容相当的广泛,从学问、生活、健康、情感和处事以及职业选择等各方面都有深刻的指导。在这些家书中,梁启超丝毫没有一家之主的架子,而是亲切的融入到了孩子们当中,将自己摆放在和他们相同的地位上,用充沛而丰富的情感、平易近人的语言和自己的人生体验和感悟来轻轻叩击孩子们的心门,最终达到言传身教的目的。

梁启超将自己深情的父爱都付诸在笔尖,用墨染的字迹泗开了自己的思念,幻化成一曲爱的乐歌,奏响在孩子们的心底,伴随着他们一路成长。在子女的教育上,梁启超更像一位仁慈的长者,他默默地陪伴着子女成长,当他们在人生道路迷茫的时候,给他们提供方向,而不是强迫他们去服从长者的命令。

梁启超对子女的成功教育来源于以身作则,如他写给梁思忠的信中说道:"我自己常常感觉我要拿自己做青年的人格模范,最少也不愧做你们姊妹弟兄的模范。我又很相信我的孩子们,个个都会受我这种遗传和教训。"他用自己的人格影响着子女,让他们成为社会有用的人才。

现在有很多父母以忙碌为借口而疏忽对子女的教育,梁启超比一般父母忙多了,但是他从不会因此而疏忽自己的子女。就算子女为求学远走在五湖四海,他也会通过书信和他们取得联系,梁启超一生留下两千多封书信,其中三百封都是写给孩子们的。

相比学业,梁启超更加重视孩子们的品行,梁启超说:"如果你做成一个人,智识自然是越多越好;如果你做不成一个人,智识却是越多越坏。"他认为那些学识都是所以孩子们在学成后都选择回国,梁启超说"少年强,则国强",所以对自己子女的精心培养也是在为国家尽一分力量。

在梁启超纪念馆,挂着"满门俊秀"四个字:"既尊重子女对生活、专业的选择,又注意引导孩子们对知识的兴趣,因材施教,九个子女均学有所成且品德高尚。"这就是对梁启超对子女教育的评价。

梁启超对子女的教育为很多父母树立模范,他对子女饱含深情,让孩子们对他又敬又爱。若是以大家长风训斥孩子,难免让他们更加叛逆。若是过度溺爱孩子,又会养成好逸恶劳的恶劣品行。所以教育孩子,大概都有一个度,多一分,少一分,都不能恰得其分。人之初,性本善。性相近,习相远。作为孩子的启蒙老师,又有多少父母做到了梁启超对子女的"十二分热烈的感情"呢?

瞿秋白致女儿：
给独伊

长汀，闽西深处的一座古城，在城西那重峦叠嶂、绿树环绕的罗汉岭的半山腰上，瞿秋白的烈士纪念碑高直的耸立在那儿，无谓风霜雪雨。

1899年，瞿秋白在江苏常州出生。常州瞿氏一门本是官宦世家，绅士阶层，但到了瞿秋白父亲这一代，家族已经走向衰败，没有实职，只有一个空头衔，随之而来的便是家庭内部的贫困潦倒。

在瞿秋白幼年之时，只能依靠着叔祖、伯父勉强度日。瞿秋白的父亲受祖父的影响，擅长绘画、剑术和医道，在家庭书香氛围的熏陶下，瞿秋白少年之时便才情卓越，对诗词绘画颇为精通。

但随着家庭经济状况的进一步恶化，瞿秋白的父亲瞿世玮只得外出营生，以此来养家糊口。1915年，瞿秋白从中学辍学回家，家里已经没有能力再供他上学了，面对家庭的改变，年少的

第三章 剪不断，别是一番滋味在心头

瞿秋白开始变得沉默起来，只能躲在家里自己看书。可随之而来的母亲自杀事件，给了瞿秋白极大的刺激，也让他不得不重新思考自己的人生，作为家里的长子，他必须担负起自己身上的重担。

1916年，瞿秋白得到了表舅母的资助，寄居在堂兄家中，并进入武昌外国语学校学习外文。瞿秋白身上担负着家族兴旺的重任。

父亲无力养育六个小孩，便把孩子们都寄居在亲友家，只留了一个天生智力较弱的孩子在身边。瞿秋白意识到唯有不断进取，才能对得起死去的母亲，即使寄人篱下有太多的辛酸，他也能埋下头专心读书。

1917年，瞿秋白在专修馆免费学习俄文，并在五四运动中成了一名积极的革命者和推动者。1920年，瞿秋白第一次赴苏，此后，他先后三次赴苏学习和工作，一生都和苏联结下了不解之缘。

1920年瞿秋白赴苏之前，瞿秋白的父亲当时在一位好友家做家庭教师，他专程去济南拜别父亲。父子点着煤油灯，谈了整整一夜。思想先进的父亲对儿子远行赴苏非常支持，并且寄予深切的希望，父亲是一个开明的人，他能够为儿子的前程指明更好的方向。瞿秋白将父亲的话记入其著作《饿乡纪程》，可见他对父

亲的话的重视,以后的日子里他也常常把这些话铭记在心。

写这封信的时候,正是瞿秋白第三次赴苏,这次在莫斯科主持即将举行的"中共六大"会议,随后在这儿工作生活了两年之久,同他一起的有妻子杨之华和女儿瞿独伊。

瞿独伊原名是沈晓光,1921年时在上海出生。瞿秋白对瞿独伊的关爱远远超过一般的父亲所应给予的关爱,在他的身边,瞿独伊享受到了最美好的父爱时光。

> 独伊:
>   我的好独伊。你的头发都剪了,都剃了么?
>   哈哈,独伊成了小和尚了。
>   好伯伯的头发长长了,却不是大和尚了。
>   你会不会写俄文信呢?
>   你要听先生的话,要听妈妈的话,要和同学要好,我喜欢你,乖乖的小独伊,小和尚。
>
>   　　　　　　　　　　　　　　　　　好伯伯

当时独伊在依凡城一个森林学校读书,也就是一座儿童疗养院。学校为了预防疾病,便让孩子们都必须剃光头。独伊也是一个爱美的小姑娘,自然不想剃头。瞿秋白知道女儿不开心,便写

第三章 剪不断，别是一番滋味在心头

了这封信安慰她。信里充满了一个父亲对女儿的溺爱，但是瞿秋白还是自称为"伯伯"。

独伊即瞿独伊，是瞿秋白妻子杨之华和前夫沈剑龙所生的女儿。瞿独伊五岁时开始在瞿秋白身边成长，一直到她十四岁瞿秋白被杀害为止，这段时间瞿秋白给了瞿独伊一段充满父爱的美好时光。

1928年，瞿秋白到莫斯科主持中共六大的会议，妻子杨之华带着女儿瞿独伊也来到了莫斯科，由于两人工作很忙，只能安排瞿独伊住进了当地的一家儿童疗养所，只在周末空闲的时候前去看望她。

每次去疗养所的时候，瞿秋白都会在下班路上的商店里帮瞿独伊买一些她最爱吃的牛奶渣带给她。后来，瞿秋白将瞿独伊转到了离莫斯科较远的伊凡城的学校里。瞿独伊在森林学校时，瞿秋白和杨之华依旧每个周末都会去看她，在周六的晚上他们从莫斯科坐火车出发，星期日早上到达伊凡城，然后三人就痛痛快快地玩上一天，一起度过周末的时光。

瞿秋白和杨之华的恋爱婚姻曾在上海轰动一时。这里就有一段不得不说的故事。瞿秋白在杨之华之前曾经有过一段短暂的婚姻，妻子是作家丁玲的好友王剑虹，两人婚后伉俪情深，但天公不作美，结婚才七个月，王剑虹就患肺结核去世。王剑虹是一位

有很高天赋的女性,她和瞿秋白因革命而结合,都在文学上有很大的造诣,婚后更是过着"读书消得泼茶香"的生活。可是上天妒忌有情人,可是这温暖的日子持续了仅仅七个月。

瞿秋白很爱妻子王剑虹,杨之华曾在《忆秋白》一书中写道,"在生活上,他(瞿秋白)偏又碰到了不幸,他的妻子王剑虹病重了。他们夫妇俩感情是很好的,王剑虹在病重的时候,希望秋白在她的身边,不要离开她。秋白也很愿意多照顾她。一回到家里,就坐在她的床边,陪伴着她。在他的长方形书桌上,常常整齐地放着很多参考书,他就在那里埋头编讲义,准备教材或为党报写文章。"

妻子的死对瞿秋白造成了很大的打击,瞿秋白甚至曾萌生过随王剑虹而去的想法,直到另一个女子走进他的世界里,他才重拾了人生的希望,这个人就杨之华。

有的时候,当人们生命中最重要那个人突然消失了,似乎生命也失去了价值,找不到活着的意义。但是坚持走下去的人,往往会发现更美好的事物,因为未来具有不可预测性。也许杨之华就是命运送给瞿秋白的最大的惊喜。

杨之华出身于浙江萧山的一个家道中落的绅士阶层家庭,年轻时和沈剑龙相爱成婚。沈剑龙才貌出众,喜欢诗词、音乐,也曾与杨之华一起立志自谋生活,不依赖家庭。两人感情很好,但

第三章 剪不断,别是一番滋味在心头

婚后沈剑龙禁不起上海灯红酒绿的诱惑而让杨之华感觉到婚姻的无望,以致在生下女儿后为其取名为"独伊",意思是这辈子只会生这一个孩子,以示心中的怨愤。

瞿秋白和杨之华的相识则是源于在上海大学的一段讲学授课经历,当时的杨之华考入了上海大学的社会系,而瞿秋白正在上海大学讲授社会哲学课,一来二去,两人便熟络起来,彼此之间互生好感。

但杨之华正处在婚姻的创伤里,还未离婚,为了避免流言蜚语对双方的中伤,便打算远离瞿秋白,躲到了家乡萧山。瞿秋白忍不住心中的思念便一路追到了萧山,随后和沈剑龙以及杨之华两人展开了一段奇特的谈判。三人先是在杨之华家里谈判,然后又到了沈剑龙家里谈判,最后则来到了瞿秋白家里谈判。

接触中沈剑龙和瞿秋白一见如故,两人十分投缘,而沈剑龙钦佩瞿秋白的才华与人品,自认配不上杨之华,于是商讨之下,三人便在上海的《民国日报》上刊登了三则启事,内容分别为:

"沈剑龙与杨之华解除恋爱婚姻关系。"

"瞿秋白与杨之华确立恋爱婚姻关系。"

"瞿秋白与沈剑龙确立朋友关系。"

连登三天,在上海造成了轰动。1924年瞿秋白和杨之华结婚之时,沈剑龙前去祝贺。这样的情况真是世间少见,但是杨之华和沈剑龙终归得到了最真挚的祝福。

瞿秋白则给杨之华送上了一枚刻有"赠我生命的伴侣"的金别针,在以后风雨飘摇的几十年里,这枚爱的信物陪伴杨之华度过余下的岁月。为了显示自己对杨之华的爱意,瞿秋白后来还刻了一枚"秋之白华"的印章给杨之华,成了两人爱的见证。瞿秋白对杨之华说:"我一定要把'秋白之华''秋之白华'和'白华之秋'刻成三枚图章,以示你中有我,我中有你,无你无我,永不分离之意。"

杨之华听了笑说:"倒不如刻'秋之华'和'华之秋'两方更妥帖、简便些。"但是瞿秋白坚持刻"秋之白华",意味着两人永世不得分离。

也许是经历了太多失去,瞿秋白更加懂得珍惜,更加重视和杨之华之间的感情,因此他们之间的感情也成了一段佳话。

瞿秋白和杨之华成婚后,杨之华的父母认为她丢尽了家族的脸面,拒绝同他们来往。沈家虽然同意了她和沈剑龙离婚,但是拒绝她把女儿带走,女儿依旧还留在沈家,这是杨之华一直以来的伤心之事,瞿秋白看在眼里,急在心里。为此,两人曾通过瞿独伊的外婆将瞿独伊从沈家"偷"出来,失败后,瞿秋白心里很难过，不由自主地流下眼泪，这是杨之华第一次也是唯一一次看到瞿秋白哭泣。

她后来在《忆秋白》一文中写道："我的离婚，受到当时人们封建思想的反对，他们把我的孩子当作私有物，不允许我看见我的女儿……我渴望着看到她，秋白很能理解这种母亲的心情，他同情我，安慰我，并且在1925年的春天，帮助我抽出一个空，回乡下去看孩子。"

这次回乡，杨之华想见女儿，公婆阻挡，但是在一个姨太的帮助下，杨之华终于见到心爱的女儿。她看见女儿在玩自己从上海买回去的玩具，孩子瞪着圆圆的眼睛用稚嫩的声音对她说："妈妈，我告诉你，我的妈妈死掉了。"然后把手上的玩具递给她看说："这是妈妈买给我的。"童言无忌，听了女儿的话，杨之华感到一阵心酸，眼泪在眼眶里面打转。

杨之华看着女儿说："独伊，我的好女儿，我就是你的妈妈。"但是女儿似乎并不领情，她说："不，我有两个妈妈，一个是你，一个在上海死掉了。"面对女儿的排斥，杨之华感觉心都碎了，她不知道公公和婆婆跟年幼的女儿说了什么，这也许就是她该付出的代价，同样也坚定了要将女儿留在自己身边的信念，即使要经历再大的困难。

这个时候，瞿秋白或许是爱屋及乌，因为对杨之华爱得深沉,所以因其悲伤而悲伤,并没有完全融入父亲这个身份中去。他也一心想着将独伊接到妻子身边,杨之华是温柔善良的,面对公婆的强势,她只能默默地以泪洗面,瞿秋白看在眼里,疼在心里。直到后来女儿终于被外婆偷出来,一家人才得以团聚。

随着独伊的到来,瞿秋白对这个女儿越发地疼爱,他的内心深处最柔软的地方被拨动着,温柔的父爱倾泻而出,宛若海洋般裹住了瞿独伊,为他编织了一片爱的天空,独伊和瞿秋白的感情远远超出了和自己生父的情感。

独伊回忆父亲时,常常说"母亲忙于工运,无暇照料我。父亲对我十分慈爱,不管多忙,只要一有空就接送我。在家时,他手把手地教我写字、画画。"

对于女儿瞿独伊,瞿秋白总是充满了喜爱,他曾在写给妻子杨之华的信中写道:"之华,独伊如此的和我亲热了,我心上极其欢喜,我欢喜她,想着她的有趣齐整的笑容,这是你制造出来的啊!之华,我每天总是梦着你或是独伊。"

在瞿秋白的心中,女儿独伊如此可爱,她天真纯洁得像个天使,让瞿秋白觉得和妻子女儿在一起便是世间最美好的事情,以至于不能在一起时,也会常常梦见她们。

那时,独伊年纪还小,对一切事情也都懵懵懂懂的。为了独伊健康成长,杨之华暂时没有告诉孩子关于她父亲的事,她并不

第三章 剪不断，别是一番滋味在心头

知晓瞿秋白不是自己的亲身父亲，但是，在瞿秋白身上，她显然感受到了一股浓浓的亲情。因此，她总是听母亲杨之华的话叫瞿秋白"好爸爸"。瞿独伊后来自己也曾回忆说："我的父亲的确无愧于'好爸爸'这个称呼，他给我带来无限温暖和快乐。"

一个幸福的家庭对孩子的成长太重要了，瞿秋白和杨之华的恩爱让独伊在一个幸福的家庭里无忧无虑地成长着。瞿秋白对女儿的疼爱，让杨之华很欣慰，渐渐淡忘前段不幸婚姻带给她的伤害。

1928年，瞿独伊跟随母亲杨之华到达莫斯科的时候才只有七岁，但已经开始记事。对于这个一向讨自己欢心，对自己关怀备至的"好爸爸"，瞿独伊内心充满了依恋。但是由于瞿秋白和杨之华平常工作繁忙，没有闲暇的时间照顾瞿独伊，两人只得将她送到了莫斯科的一家儿童院，然后每个周末都去看望她，陪她度过愉快的假期。

那时的瞿秋白，不再是一个冷静沉着、机智敏锐的革命领袖，而只是一个慈爱的父亲。他会在下班途中从商店里给瞿独伊买上她最爱吃的牛奶渣；会周末的时候带着瞿独伊去河里撑木筏，然后引吭高歌，其乐融融；会带着瞿独伊去树林里作画、采蘑菇、玩折纸，感受自然的美好；会在寒冷萧条的冬日里带着瞿独伊去坐雪车，然后故意将雪车拉的一会儿快一会儿慢，看着她

在雪车里欢快的笑；会在玩耍的时候假装摔一跤来博取瞿独伊的同情，然后放声大笑，笑声环绕着他们随风传出很远……他只是一个年轻的父亲，一个对自己的女儿充满了热心和真挚感情的慈父，与天下间所有的父亲一般无二，他那高高的头衔下，深藏的是一份充满童趣的父爱。

他写给瞿独伊的这封信，短短百余来字却生趣盎然，一丝调皮和快乐从字里行间显露出来，不禁让人莞尔。瞿秋白写这封信是为了安慰当时刚到森林学校而后又被学校勒令剃了光头的瞿独伊。

在信里，瞿秋白仿佛成了一个"老顽童"，用瞿独伊能理解的话语和她交流，化去她心里因剃光头发而带来的伤心和不愉快。寥寥数语，却颇为用心良苦。

在瞿秋白一家人还未去莫斯科之前，瞿独伊主要由瞿秋白照顾，不管他多么的忙碌，都会抽空去幼儿园接瞿独伊，在家的时候会手把手地教瞿独伊读书、识字以及作画。

瞿秋白虽然不能整日陪在瞿独伊的身边，看着她成长，却也不愿放过她成长中的每个阶段。当时伊凡城离莫斯科比较远，即使乘火车也得要一夜的时间。

于是，每个周六的晚上，瞿秋白和杨之华从莫斯科乘坐火车出发，第二天到达森林学校，然后陪瞿独伊玩上一整天。年幼的

第三章 剪不断，别是一番滋味在心头

瞿独伊对于两人的到来显得异常高兴，拉着瞿秋白和杨之华嬉笑玩闹。在两人离开后，瞿独伊会自己一个人沿着父母带她走过的地方再回味一遍，仿佛这样就可以感受到父母的温度，这成了小小的瞿独伊最爱做的事情。

有一次，瞿秋白和杨之华去森林学校看独伊，那时刚下过一场大雪，四处洁白一片，宛如一个晶莹剔透的水晶城，小独伊坐在小雪车里，瞿秋白拉着车，为了逗独伊开心，瞿秋白假装摔在地上。独伊看着好爸爸的狼狈样，笑着说："爸爸那么大都跌跤，我都不跌你还跌"，小小的脑袋往上一扬，充满了自豪感。

后来，1930年瞿秋白从苏联回国主持党的六届三中全会，杨之华也只能一同回国。于是，年仅九岁的瞿独伊一个人被留在了莫斯科。当时独伊发了一场高烧，杨之华赶来看女儿，瞿秋白没来，谁也想不到，这一别竟是父女俩之间的永别。

回到上海的瞿秋白对瞿独伊充满了思念之情，他总是嘴里念叨着独伊，不知道她怎么样了？生活好不好？没有自己在身边，她是不是还习惯？从前，瞿独伊在瞿秋白身边时，瞿秋白对瞿独伊的照顾事无巨细。而今，瞿独伊远在莫斯科，瞿秋白只能以书信遥寄想念，在繁忙工作之余，他会抽空给瞿独伊写信和寄明信片。

有一次，他给瞿独伊寄去了一张明信片，明信片的背面上印

着一个很大的飞艇,瞿秋白在明信片上写道:"等你长大了,你也要为祖国造一艘这样大的飞艇。"深沉父爱如涓涓细流般轻轻柔柔地浇灌在瞿独伊的心间。

瞿秋白就是这样用另一种方式来表达了自己的关心,他告诉女儿,父亲一直都在身后默默地看着她,她前进的每一步,他都在为她鼓舞和欢欣;她遇到的每一个挫折,他都在为她打气和加油。无论路程远近,他永远都陪伴在她的身边。

直到瞿秋白牺牲之前,他都还在挂念着瞿独伊,想着他小小的独伊今后在没有他陪伴的日子里将会怎么样?她是不是还会如从前般快乐无忧?我出席了你生命的前几年,却将永远地离开你此后的世界,只希望你一切都好,我亲爱的小独伊!

1935年,还在儿童院里的瞿独伊忽然在《共青团真理报》上看到了自己的父亲瞿秋白牺牲的消息,小小的瞿独伊不懂生死,却知道再也见不到好爸爸了。后来,瞿独伊一度不愿意承认好爸爸就这样离自己而去,长时间的失眠使她差点精神失常被送往疯人院,直到母亲杨之华赶来将她接了出去。

后来独伊生活虽然再次恢复到了以往,可是才十四岁的她突然明白父亲瞿秋白是真的永远地离开了,那个爱她、宠她,教她学习、陪她玩耍,关心她、体贴她的父亲真的不见了。她的天空似乎从此缺了一角,因为那个最爱她的父亲已经再也找不回来了，再也听不到好爸爸愉快的声音，再也看不到爸爸那挺拔的身影。

山林依旧葱郁，阳光透过枝丫照射在瞿秋白高大的纪念碑上，而旁边一株由瞿独伊亲手所植的翠柏在风中摇曳，似乎在诉说着瞿独伊对瞿秋白的思念，一片沙沙声中，就连微凉的空气都温暖起来，那是爱的温度。

"父亲牺牲的时候，我年纪还小，可他亲切的形象，却深深印在了我的心里。在我模糊的幼年记忆中，父亲清瘦，戴着眼镜，话不多，但很温和。母亲不让我简单地叫他'爸爸'，而一定叫我喊他'好爸爸'。我就一直这样称呼我父亲。"

短短几年的陪伴，瞿秋白已经深深地住在女儿的心里，独伊经常和母亲一起翻看父亲生前的信件和作品，常常泪流满面，在失去瞿秋白的日子，母子一起依偎着度过了多少难眠的夜晚啊。

为了完成父亲的愿望，独伊加入了中国共产党，用另一种方式在世间延续着父亲的爱，成为他的独伊。

第四章

重重山河，莫忘几行书

丰子恺致儿女：
给我的孩子们

被誉为"现代中国最像艺术家的艺术家"的丰子恺，他将艺术家的率真和气度都融合在了自己的作品当中，透过他的绘画，可以感受到万物的美好、世间的纯爱、纯真的童心……尤其是丰子恺对子女的喜爱，更是淋漓尽致地展现在了他的散文和漫画里。

丰子恺本名丰润，又名仍、仁，号子觊，后改子恺。浙江石门人，我国著名的画家、文学家以及散文家，曾师从李叔同学习绘画艺术，跟夏丏尊学习文艺写作，后留学日本深造美术。

1914年，自幼就喜欢绘画美术的丰子恺考入了浙江省立的第一师范学校，跟随李叔同攻读音乐和绘画。1917年，李叔同出家为僧，这对丰子恺造成了很大的影响，后来他作《怀念李叔同先生》一文来缅怀恩师。

1918年，丰子恺和同学一起组织桐荫画会。1919年，丰子恺从第一师范学校毕业后与几个同学一起在上海创办了一所专科师范学校，自己担任图画教师。

1921年，丰子恺东渡日本继续学习绘画和音乐。次年回国后在浙江春晖中学任教，并认识了朱自清以及朱光潜等文人。此后还在上海的开明书店、上海大学以及复旦大学等学校担任教师。

1924年，丰子恺和好友陈望道、矛盾、叶圣陶等人创办了立达学园。抗日战争爆发后，丰子恺在西南各高校之间辗转教学。后来在朱自清和俞平伯主办的《我们的七月》上发表了《人散后，一钩新月天如水》，随后这种画被郑振铎取名为"漫画"。

丰子恺的妻子徐力民也是出身书香门第，她的家教也很开明，丰子恺和徐力民都是很有爱心的人，夫妻二人相敬如宾。徐力民十分温柔贤惠，在丰子恺去日本留学的日子，她一个人带着两个孩子生活。在一次难产中，医生问保大保小，丰子恺毫不犹豫地选择保大。丰子恺很爱孩子，但是更爱自己相濡以沫的妻子。

丰子恺一生能保持童心，主要是因为喜欢和孩子相处，喜欢那种无忧无虑的长不大的天真。在陪伴孩子成长的时间里，丰子恺时常都会感叹着孩子们世界里的纯真无瑕和美好，也时常被孩子们惊人的创造力所折服，他努力地用一个孩子的视角去融入他们纯净的世界。丰子恺曾说："近来我的心为四事所占据了：天上的神明与星辰，人间的艺术与儿童，这小燕子似的一群儿女是在世间与我因缘最深的儿童,他们在我心中占有与神明、星辰、艺术同等的地位。"

孩子拥有着世间最纯真、最清澈的眼神,拥有成人难以企及的童趣,在他们的眼睛里,世界充满了色彩,无怪乎丰子恺会在序中深切地写道:"我的孩子们!我憧憬于你们的生活,每天不止一次!"世间纷纷扰扰,然而只要在孩子们的面前,便似乎一切都化为了宁静。

没有成人世界里的苦心经营,亦没有麻木和冷漠,有的只是满满的爱心和感动。所以,丰子恺对儿女们的孩童世界充满了向往和执着。在他看来,那才是世间最纯净的地方,永远保留着最无瑕的爱,让他为之沉迷。而出于对儿女们的极度喜爱,更是让他不忍剥夺孩子们的天性,用一颗深沉的父爱为他们筑起了一道爱的宫墙,阻挡了来自外界的纷扰和打量,让他们自由自在地在自己的国度里尽情释放快乐和悲伤。

> 我的孩子们!我憧憬于的你们的生活,每天不止一次!我想委屈地说出来,使你们自己晓得。可惜到你们懂得我的话的意思的时候,你们将不复是可以使我憧憬的人了。这是何等可悲哀的事啊!
>
> 瞻瞻!你尤其可佩服。你是身心全部公开的真

人。你什么事情都想拼命地用全副精力去对付。小小的失意,像花生米翻落地了,自己嚼了舌头了,小猫不肯吃糕了,你都要哭得嘴唇翻白,昏去一两分钟。……这是何等可佩服的真率、自然与热情!大人间的所谓"沉默""含蓄""深刻"的美德,比起你来,全是不自然的、病的、伪的!

你们每天坐火车、做汽车、办酒、请菩萨、堆六面画、唱歌,全是自动的,创造创作的生活。大人们的呼号"归自然!""生活的艺术化!""劳动的艺术化!"在你们面前真是出丑得很了!依样画几笔画,写几篇文的人称为艺术家、创作家,对你们更要愧死!

……

软软!你常常要弄我的长锋羊毫,我看见了总是无情地夺脱你。现在你一定轻视我,想道:"你终于要我画你的画集的封面!"

……

孩子们!你们果真抱怨我,我倒欢喜;到你们的抱怨变为感激的时候,我的悲哀来了!

我在世间,永没有逢到像你们这样出肺肝相示的

> 人。世间的人群结合,永没有像你们样的彻底地真实而纯洁。
> 但是,你们的黄金时代有限,现实终于要暴露的。这是我经验过来的情形,也是大人们也经验过的情形。
> 我的孩子们!憧憬于你们的生活的我,痴心要为你们永远挽留这黄金时代在这册子里。然这真不过像"蜘蛛网落花",略微保留一点春的痕迹而已。且到你们懂得我这片心情的时候,你们早已不是这样的人,我的画在世间已无可印证了!这是何等可悲哀的事啊!

瞻瞻就是丰子恺的长子丰华瞻,软软是丰子恺的三女丰宁馨。丰宁馨实际是丰子恺三姐丰梦忍的女儿。当初丰梦忍从旧式的封建家庭里离婚出走后已经怀有身孕,后来产下女儿丰宁馨。为了照顾好孩子,不让姐姐受到委屈,丰子恺夫妇收养了姐姐的孩子丰宁馨并将其视为己出。

丰子恺曾在《子恺漫画选》中说:"我真心地爱他们:他们笑了,我觉得比我自己笑更快活;他们哭了,我觉得比我自己哭更悲伤;他们吃东西,我觉得比我自己吃更美味,他们跌一跤,我觉得比我自己跌一跤更痛……我常常抱孩子、喂孩子吃食,替孩子包尿布,唱小曲逗孩子睡觉,描图画引孩子笑乐;有时和孩子们一起用积木搭汽车,或者坐在小凳上'乘火车'。我非常亲近他们,常常和他们共同生活。"

丰子恺的女儿回忆父亲,最大的印象莫过于"父亲特别喜欢孩子,希望我们永葆童心"。

孩子们的日常生活成了丰子恺笔下最动人的色彩,他常常出神地看着在院子嬉闹的儿女们,为他们的快乐所吸引,然后将一幕幕描绘在自己的绘画里,印刻下抹不去的爱的痕迹。孩子成了他灵感的来源,

丰华瞻是丰子恺的长子,丰子恺在这篇序里极力地称赞了他的纯真,他写道:"瞻瞻!你尤其令人佩服。你是身心全部公开的真人。"小小的孩子,在他的世界里,一切都充满了新奇,充满了探索,他会为了猫咪不肯吃糕而哭昏,也会因打碎自己喜爱的泥人而大哭,会学着父亲裁剪书毛边的模样把一本《楚辞》用小刀裁破然后洋洋得意地向父亲邀功……他用自己的心去体察着生活的一切,纤细而敏感。

他的快乐来得那样纯粹,他的悲伤又是那样动容,仿佛他已经全身心的融入到了生活中去,是那样的惬意而自在,欢快轻盈的就好像一阵风般,轻轻柔柔地拂过他周围的人,丝毫见不到成

人的那种犹疑和猜忌。

丰子恺一直以来都极力反对"小大人"的培养模式,他喜欢让儿女们独立自由毫无拘束的成长。他曾经创作了一幅漫画《小大人》用来讽刺那些想将孩子培养成成熟稳重的样子的人,男孩成了父亲的样子,女孩成了母亲的样子,可是,他们却丢失了自己的模样。

丰子恺不愿这样的事情发生在自己孩子身上,在孩子的世界里,他找到了久违了的童心,试着去进入他们的世界,用他们的方式交流。他观察他们的生活,体会他们的喜怒哀乐,竹马游戏,烂漫点滴,那些生动的身边事,那些无法言说的眼前情,直叫他感叹孩子世界的广阔。

《爸爸回来了》《取苹果》《星期日是母亲的烦恼日》以及《妹妹新娘子,弟弟新官人,姊姊做媒人》……这一幅幅后来被收录在《子恺漫画》中的漫画作品,成了孩子们童年时最美好的见证。

他们似乎毫不倦怠,总是能找出各种各样的法子来玩游戏,他们在自己小小的天地里,用自己的感知来读懂生活,他们没有长篇大论和单调机械,只有乐此不疲的热情和欢声笑语。

瞻瞻会用两把芭蕉扇做成一个脚踏车,然后快乐的骑在上面,丝毫不会觉得别扭,阿宝会快乐地脱下自己的鞋子给凳子穿上，丝毫没有觉得它只是一件没有生命的物件，反而高兴且得意地叫道："阿宝两只脚，凳子四只脚"，他们会想象着召唤出月亮，拉住火车尾巴甚至让皮球静静地停留在墙壁上……他们玩得不亦乐乎，每天都用新奇的眼光打量着这个在成人眼中已经灰蒙蒙的世界，他们努力地用自己的方式来成长，而丰子恺则用自己的爱包裹着他们，让他们的天性得到充分的发挥，一步步探索这个世界。

相比起大人的沉稳和刻板，小孩显得顽皮活泼多了。一般家庭里，父母会严肃的要求孩子的言行准则，让他们循规蹈矩按部就班地生活。丰子恺则相反，完全循着孩子的天性发展，不多加干预。

丰子恺常常抱着孩子，给孩子喂食，换尿布，就宛如一个母亲。由于常常和孩子在一起生活，丰子恺比平常人更加了解孩子的心理。

孩子的思想是天马行空的，因为他们经历的少，不被已成定义的事物约束，他们甚至会讨论月亮大还是太阳大的问题，并为了自己的观点争吵得面红耳赤。可是，在成人看来，他们的争执显得无比滑稽，甚至会厌烦他们的吵闹。丰子恺不赞成成人对孩子粗暴的态度，更不赞成他们恶意的阻止。

有的时候，孩子的想法还能激发大人的某些灵感。一天晚上，丰子恺喝了三杯老酒，坐在树下乘凉，把四岁的儿子华瞻抱在膝上，笑着问儿子："你喜欢什么事？"华瞻扬起小脑袋，看着父亲说："逃难。"丰子恺奇怪地说："'逃难'两字的意义他不会懂得，为什么偏偏选择它？倘然懂得，更不应该喜欢了。我就设法探问他：'你晓得逃难是什么？'"

儿子仰着头天真地说："就是爸爸、妈妈、宝姊姊、软软……姨娘，大家坐汽车，去看大轮船"，丰子恺吃了一惊，原来孩子想的"逃难"和战争无关，他还没有意识到那么血腥的事，而他想到的逃难就会全家团聚，孩子的思想是多么的可爱，他能从另外的角度看待事情，而他的角度往往是很美好纯真的。

孩童时光总是无忧无虑，可伴随着年龄的增长，人越来越现实，对事物不再从美好或者不美好两方面看，而是从有利和无利两方面看。

丰子恺喜欢看着孩子们在自己的周围"闹腾"，洒下一地的欢声笑语；喜欢看着孩子们在夏天凉爽的夜里，坐在院中的槐荫树下一边吃着西瓜一边唱着自己编的歌儿；喜欢看孩子们将书房折腾的面目全非然后骄傲欢快的神情……孩子们的世界是那样的清澈透亮，看不到丝毫尘世上的杂质。所以，丰子恺不无感慨地在序里写着："孩子们！你们果真抱怨我，我倒欢喜；到你们的抱怨变为感激的时候，我的悲哀就来了！"

世间至纯至善都是在孩童的身上体现，一旦他们长大后，这种纯善就开始远离他们而去，开始用成人的眼光打量和审视这个世界，于是，就如丰子恺所说的："我的孩子们！我憧憬于你们的生活，每天不止一次！我想委屈地说出来使你们自己晓得。可惜到你们懂得我的话的意思的时候，你们将不复是可以使我憧憬的人了。这是何等悲哀的事啊！"

世间上，父母对孩子的爱有千百种，有些用物质来表现自己对孩子的爱；有些用严苛教育来表现自己对孩子的爱；也有些用放纵溺爱来表现自己对孩子的爱……丰子恺则用一颗包容的心来容纳自己对孩子的爱意，将深沉的父爱融化在日常的点滴之中，如涓涓细流淌入孩子们的心间，化开脉脉的温情。

丰子恺很多作品都是以孩子为对象，与其说他是一位父亲，不如说是一位相伴着孩子们成长的大孩子。现在的中小学语文课本很多都使用了丰子恺的作品，这些作品对孩子们的成长都有很深远的影响，他努力让孩子们看见自身的美好，看到自身的纯洁灵魂。

丰子恺曾写道："儿女对我的关系如何？我不曾预备到这世间来做父亲，故心中常是疑惑不明，又觉得非常奇怪。我与他们（现在）完全是异世界的人，他们比我聪明、健全得多；然而他们又是我所生的儿女。这是何等奇妙的关系！世人以膝下有儿女为幸福，希望以儿女永续其自我，我实在不解他们的心理。我以为世间人与人的关系，最自然最合理的莫如朋友。"

丰子恺认为和儿女没有长辈伦理之分，只有平等率真的交流。或许，孩子们还并不了解他们在自己的父亲那儿得到了怎样的一笔宝贵的财富，那是很多孩童都艳羡不来的自由和独立，更是他们童心的彻底释放。每个人的发展都需要自由，丰子恺不赞成用条条框框束缚孩子的天性，更不赞成孩子们按照父母的要求成长为一个乖小孩，这样的话，所有孩子长大后都像同一个模子里面印出来的一样，没了个性，也就失去了自我。

丰子恺并不是没有斥责过孩子们的调皮捣蛋，他也曾被孩子的恶作剧气得吹胡子瞪眼，可是往往很快便就烟消云散，他希望用自己最大的包容去保留孩子最天真美好的一面。他用自己的画笔细致地描摹了孩子们的日常生活，记录他们欢快的童年。

《子恺画集》就是一幅幅纯真烂漫的童年合集，丰子恺将那些在未来的日子里将会远去的美好永远地定格在了当下，做成了专属于他们的黄金时代。

时易逝，物换移，当年追逐嬉戏的顽童总会在不知不觉中长大成人，步入成人的世界，掩去他们纯真清澈的眼神，合上他们率真秉直的内心，他们开始用成人的眼光重新审视周围的一切。这一刻，他们的童心将会悄然离去，换上成年人冷静的视角。但由父爱浇筑而成的画册,却将永远成为他们心底最美的记忆,告诉他们,当初那个爱他们至深的父亲,用这样一种细致温馨的方式给了他们一份最完美的童年记忆。

丰子恺期望孩子们永远只是个孩子,但孩子终归会长大。像小王子一样,他终归要离开自己的星球,来到自己也搞不懂的大人的世界。

长大后的孩子面临的是生活问题,这时候丰子恺便和七个孩子立法,他规定子女独立后,生活物资上有多余的就可奉养父母,父母有多余的就可以帮助子女,用一种平等的态度相处,孩子们的婚嫁,也由自己做主。

"父母供给子女,至大学毕业为止。放弃者作为受得论。大学毕业后,子女各自独立生活,并无供养父母之义务,父母亦更无供给子女之义务。"丰子恺希望孩子们能够独立生活,尽量少去干涉他们的人生,保存他们的天性。很多父母太过操心子女,不仅焦白了头发,也让孩子按着他们提前规划好的模板生活,失去了自己发展的空间。

很多父母因为工作原因忽视了自己的孩子,却不知道忙永远不是借口。丰子恺一生成就很多,比很多人都忙,但是他总会把闲余时间留给孩子,陪着孩子们玩耍,给他们做一些玩具,把这些快乐的面庞记录在自己的画作中。

"先器识，后文艺"，丰子恺很重视孩子们的品德教育，只有一个正直的人才配谈学问。这一点，当时很多文人教育子女都有提到，例如胡适教育儿子要成为一个好孩子。1932年冬，缘缘堂最初建成时，监工为了不浪费宅基地，把东墙建成了歪墙，形成斜角。

丰子恺发现后坚决不同意。他确信环境支配文化，住在正直的房子里，才能涵养孩子们正直的天性。为了修正规正举的房子，他要求重建，可见丰子恺对孩子正直品行的重视。

丰子恺的后代，虽然很多没有从事文艺工作，但是都记住"正直为人，认真做事，宽厚待人"的家训。子女长大后是否还都记得"缘缘堂"里的欢乐时光。每当夏日，孩子们放学归来，"缘缘堂"就变得格外热闹，四处都回荡着孩子们的欢笑声，在孩子们看来，这里不仅仅是他们的家，也像是一个儿童乐园。

"爸爸请人在院子里搭起架子，上面铺上一大片竹帘，院子就晒不到太阳了。我们一大群孩子在竹帘下玩耍，摘几张芭蕉叶子，铺在地上，往上面一躺，叶子凉爽爽的，透过竹帘的缝隙还能看到闪烁的蓝天。我们还剥莲蓬吃，抽出里面黄色的纤维，当作'烟丝'，塞进中空的莲蓬茎里，抽起'莲蓬烟'。"丰一吟回忆自己的童年，充满了幸福感。

父母大概就是，孩子笑了，他们比孩子更快活；孩子哭了，他们比孩子哭得更悲伤；孩子吃东西，他们觉得比自己吃更美味；孩子跌了一跤，他们觉得比自己跌了一跤更痛。

也许给子女最好的教育就是给他们一个快乐的童年，让他们在而立之年回忆起童年的点点滴滴，嘴角还能泛起一丝丝笑意，丰子恺用自己的一生证明了给孩子最好的东西不是物质而是快乐。

梁漱溟致梁培宽、梁培恕：
寄宽、恕两儿

梁漱溟原名梁焕鼎，字寿铭。他曾用笔名漱溟、寿名以及瘦民，后以漱溟行世。祖籍广西桂林，但是出生于北京。他也是我国现代著名的思想家，教育家，哲学家，社会活动家，爱国民主人士，现代新儒学早期代表人物之一，被称为"中国最后一位大儒家"。

1906年，梁漱溟考入了顺天中学堂。1911年从顺天中学堂毕业后他开始自学并在京津同盟会创办的《民国报》同时担任了编辑和记者，次年开始使用"漱溟"的笔名并开始研读佛学典籍。

1913年发表了《社会主义粹言》，同年7月一向研究佛学的梁漱溟有了出家为僧的想法。1916年被蔡元培聘请为北京大学的教授，讲授印度哲学概论。1930年至1937年，梁漱溟主要从事乡村的建设活动。抗日战争期间，梁漱溟成了一名爱国民主人士，为国事而奔走忙碌，希望在全国范围内聚集起一股抗日的团结力量。

梁漱溟的学术生涯主要可以划分为：西方功利主义、佛学以及新儒学三个阶段，其中《究元决疑论》是他的早期佛学研究成果之一，后来在《唯识述意》中进一步地做了详尽的论述。梁漱溟通过对东西方文化的审视，对传统儒学做出了新的评估，成了新儒学的早期领袖人物，并著有《东西文化及其哲学》。

梁漱溟的父亲是一个性格刚毅的人，1918年农历十月初十，在他六十岁生日时，留下遗书便投河而死，他在遗书中写道"梁济之死，系殉清朝而死"。梁漱溟也遗传了这种刚毅的性格。

梁漱溟曾经给儿子们形容幼时的自己"既呆又执拗"，也许不了解他的人都认为他是一个老学究，读的都是一些四书五经。其实受父亲的影响，梁漱溟已经开始了解世界各地文化，七岁的时候便被送到北京第一所洋学中西小学堂。

"为往圣继绝学，为来世开太平，此正是我一生的使命。《人心与人生》等三本书要写成，我乃可以死得；现在则不能死。又今后的中国大局以至建国工作，亦正需要我；我不能死。我若死，天地将为之变色，历史将为之改辙，那是不可想象的，万不会有的事！"此言一出便遭到当时很对人的抨击，他被戴上狂妄、固执、刚直、清高的帽子，然而在儿子们眼中，他只是一个平易、宽厚甚至脆弱的老父亲。

1942年，当梁漱溟从香港脱险抵达桂林后，他给两个儿子梁培宽和梁培恕写了一封信《香港脱险寄宽恕两儿》，这封信后来被朋友刊登在了杂志上，很快就遭到了业内很多人的讥讽，觉得梁漱溟太过于狂傲和自负。

然而，对于刚刚经历了生死风险的梁漱溟来说，事实并非如此。他只是充分地相信自己不会遇到危险而是会一路平安而已。这种安于天命却又充满信心的有所为，大概也只有浸淫佛儒两道的梁漱溟才会有的人生态度吧。

宽、恕两儿：

日前寄你们一信，内附南京田先生信，计应先此到达。宽1月27日来信，内附青岛、广州两信阅悉。兹先答复宽前次及此次所提问题，然后再谈其他琐事。

宽前问我为何认他求学道已上了道。不错的，对你确已放心了，不再有什么担忧的。……总括之言，不外两点：一、你确能关心到大众到社会，萌芽了为大众服务之愿力，而从不作个人出路之打算。这就是第一让我放心处。……二、你确能反省到自身，回顾到自家短处偏处，而非两眼只向外张望之人，这就是让我更加放心处。

培恕可惜在这两点上都差，我时他便放心不下。

欲作家书意万重

更可惜他的才气你没有，若以恕之才而学的这两点长处，那更不可限量了。

宽此次问：学问与做事是否为两条路，及你应当走哪条路，好像有很大踌躇，实则不必。平常熊先生教育青年，总令其于学问事功二者自择其一。

……

你自无须循着我的路子走，但回头认取自己最真切的要求，而以他作出发点，则是应该的。这还是我春夏间写信给恕和你，说要发愿的话。愿即要求，要求即痛痒，痛痒只有自己知道。抓住一点（一个问题）而努力，去学在此处学，作事在此处作，就对了。……我以为末后成就是在学问抑在事功，不必预作计较，而自己一生力气愿用在那处（那个题目上）却须认定才好。

……

恕不忙去粤，试就道宗同住，在北大旁听半年，再说。

父手字
二月八日

第四章 重重山河，莫忘几行书

宽即梁培宽，梁漱溟的长子，出生于北京。1950年夏考入清华大学生物系，1954年毕业后在北京大学担任助教，后在中国科学院生物物理研究所任职。恕即梁培恕，是梁漱溟的次子，出生于广州。早年曾参加革命，解放后在人民日报国际部工作，后被调往美国研究所工作，担任副编审。

熊先生即熊十力，原名熊继智、升恒、定中，后改名为十力，号子真、逸翁，晚年号漆园老人。湖北黄冈人。我国著名的哲学家和思想家，新儒家学派的开山之人、国学大师，熊十力和其弟子徐复观、牟宗三、唐君毅与张君劢、方东美、冯友兰、梁漱溟被合称为"新儒学八大家"。

梁漱溟和熊十力之间的交往情谊长达近半个世纪，熊十力曾在梁漱溟的举荐下求学于佛学大师欧阳竟门下，后又在北京大学讲学。其个人代表作品：《体用论》《新唯知识论》《明心篇》《论六经》《原儒》和《乾坤衍》等。

梁漱溟对人生达观而耿直的态度也影响到了他对孩子们的教育。梁漱溟和两个孩子相处在一起的时间并不是太多，然而书信的往来传递，用另一种方式将父子紧紧地联系在了一起。在信件中，梁漱溟会细心且耐心地聆听孩子们的具体想法，指点他们在学问和人生路途上应该做出的选择，用一种包容的方式让两个孩子自由的成长，让他们去尝试自己感兴趣的问题。这个说来跟梁漱溟自身的经历也有关系。

梁漱溟幼年之时,支持改良派的父亲梁济只让他学习了《三字经》和《百家姓》,之后就没有再让他往下继续读《四书》与《五经》,1906年进入顺天中学堂,但从中学毕业后,梁漱溟便没有再继续进入大学深造,而是和朋友们一起创办了刊物,在《民国报》内担任编辑和记者,此后开启了自己的自学生涯。

他先是投入佛学,甚至一度有出家的念头,后来在动荡时事的影响下转而研究儒学,以一种有所为的姿态担负起了社会的责任。梁漱溟每次不同的选择都是自己的兴趣所在,他曾经在给儿子梁培恕的一封信中写道:"一个人必须有他的兴趣所在才行,不在此则在彼,兴趣就是生命,剥夺个人的兴趣等于剥夺他的生命,鼓舞一个人的兴趣便是增强他的生命!"在这种态度下,梁漱溟对两个儿子的培养方式完全采用了一种放任式的方式,只是在必要的时候加以指点。这也正是一位父亲对孩子最深沉的爱,放手让他们尽情地在自己的天空里飞翔,等他们倦怠之时再用最温暖的胸膛去拥抱他们。

在世人的眼中,梁漱溟是一位猖狂的学者,他的身上充斥着一股傲气,大家所讨论的也大多都是他在学术上的成就。他特立独行,也曾颠沛流离,更曾经在出世和入世之间来回徘徊,他充满传奇色彩的人生也总是让世人争议不休。

第四章 重重山河，莫忘几行书

然而，摊开他的家信，阅读着他写给两个儿子的书信，所有加诸在他身上的那些耀眼的光环和桂冠都消失不见了。他只是一个慈爱的父亲，一个在远方对家中的孩子心系挂念的父亲。

梁漱溟在儒佛的熏陶下，对世事持有一种超然的态度，对很多事情都显得淡然，但在两个孩子面前，他却事无巨细，尤其是在学问和人生道路选择上显得关怀备至，细心点拨却从不给与他们精神上的压力，而是彼此平等地交流。

即使在他奔走忙碌的时候，梁漱溟也会抽出空隙和孩子们聊聊天，知晓他们的想法，谈论一些关于国家和社会的事情。而在梁漱溟的信中，始终能感受到一种脉脉的温情，他没有锋利的笔触，也没有华丽的辞藻，更难得看到亲昵的话语或明显的情感词语，可是却有一种温厚自在其中，隐而不露，细细品味之时却在心中酝满了感动，那是一种父爱的光辉。

在信中，梁漱溟对孩子谈论得最多的是关于学问和将来人生道路的问题。在学问上，梁漱溟给了儿子梁培宽和梁培恕最自由的教育。梁漱溟觉得梁培恕有才气，有热情，但是对自己的兴趣方向却很不确定。

因此，即使梁培恕小学、中学还是大学都未曾毕业过，每次都是在中途就辍学回家而后自学或者改学别的方向，梁漱溟对此都从不加以责备或强迫，在他看来，能够培养自己的真正兴趣比死读书要有用得多。

写这封信的这段时期正是梁培恕不断地选择学校而后退学自修的时期。可对于梁培恕,梁漱溟用一颗父亲的包容之心包容了他,给予了他在天空自在翱翔的自由,如他在信的末尾所写的那样:"恕不忙去粤,试就道宗同住,在北大旁听半年,再说。"

而对于长子梁培宽,梁漱溟则更多感到的是一种欣慰,他在信中写道:"宽前问我为何认他求学道已上了道。不错的,对你确已放心了,不再有什么担忧的。"学佛儒出身的梁漱溟认为人生的态度在于自身的修养,故而他在和梁培宽论及学问之时,总是会提出梁培宽应该具有的人生态度和人生出路。

当他在信中看到梁培宽能把自己的心胸放开,有了为大众服务的心愿之时,他写道:"你的生命力便具有一种开展气象而活了,前途一切自然都有办法了。"能够自省,有毛病就改,在梁漱溟看来是成就事业前途和人生前途必须要做的事情,否则即使才气纵横也难大有作为。而这点正是他欣赏梁培宽的地方,对于孩子的优点,梁漱溟毫不犹豫地就会夸奖和赞扬,同时也用一个父亲的关心与教导来给长子勉励。

梁漱溟读书学习之时,正值新旧交替,而在父亲梁济的影响下,他也曾一度轻视学问,尤其认为哲学文学毫无用处,然而兜兜转转,误打误撞,他却敲开了哲学的大门,用他自己在信中的话来说就是:"当出世之要求强,则趋于佛法,不知不觉转入哲学,故非有意于研究哲学也。"

在儒家出世的观念下,梁漱溟开始涉足政治界,为中国的出路而奔波忙碌。然而,梁漱溟这样的路子,又有几人能如他一样走出来,所以,他在信里对梁培宽说:"你自无须循着我的路子走,但回头认取自己最真切的要求,而以他作出发点,则是应该的。"

在信中,梁漱溟认真地为梁培宽解说了他将来选择人生道路时应考虑的问题和方向。他告诉梁培宽:"说要发愿的话。愿即要求,要求即痛痒,痛痒只有自己知道。抓住一点(一个问题)而努力,去学在此处球,作事在此处作,就对了。"没有精深的话语,有的只是质朴而平易的语言,却宛若在心湖中丢下一颗石子,激起圈圈涟漪,让人觉得如醍醐灌顶般通透,又好似在迷雾重重中亮起了一盏明灯,让人知晓了前进的方向。

梁漱溟青年之时,曾有过几年的如隐居般的生活。后来去北人执教后,一改先前的作风,以强硬的姿态出世,以狂狷的神态承担了属于自己的社会责任,体察中国的社会情况,关心中国的出路。他虽出生和成长在城市,但后来却致力于乡村建设。

于学问一途,他已经是当时的国学大师,新儒家学派的领袖人物之一。于社会建设,他也全力做出了自己应做的贡献。因而，他同样希望自己的两个儿子除了关注学问之外，也能多做些事。

他在信中写道："乡村建设虽是我的心愿，能否及身见其端绪，不敢说也。你的路子似于民众教育乡村运动为近，假如我所未实现者，而成于你之手，则古人所谓'继志述事'，那真是再好没有了。不过你可有你的志愿，我亦不以此责望于你也。"

有要求却不强求，有心愿却不逼迫，平淡的叙述中包含的是浓浓的爱护和关心之情。梁漱溟不愿画地为牢，将孩子禁锢在一方小小的天地内，他应该如雄鹰一样去搏击风浪，在山林间飞翔穿越，感受风的脉搏，体会到自我的快乐。

梁漱溟写给两个儿子的信中，没有奔放的情感，也没有亲昵的称呼，却让人在朴实而平易的话语中感受到了一股深沉的父爱，不得不让人感叹父爱如山却深沉似海。

梁漱溟给儿子分别取名"培宽""培恕"，意在培养儿子宽广的胸襟，能够包容万物。立足大地，长成一位真正的男子汉。梁漱溟很关注自己的学术，但是也不会忽视对儿子的教育，更不会过于干涉。

不同于一般望子成龙心切的父母，有一次，培宽考了59分，学校把补考通知给梁漱溟看，他只看了一眼就还给培宽，只说让他好好考。然而很多父母看到成绩单，大多都会对孩子拳打脚

第四章 重重山河，莫忘几行书

踢，梁恕培读书期间换了不少学校，他的目标总是不断更改，一会想读空军幼年学校，一会想在家里自修，但是对于他的想法，父亲都没有阻止，反而依着他。

梁漱溟去世很多年后，梁恕培重新翻看父亲的信："一个人必须有他的兴趣所在才行，不在此则在彼，兴趣就是生命，剥夺个人的兴趣等于剥夺他的生命，鼓舞一个人的兴趣便是增强他的生命！"这时候他才明白父亲的良苦用心，他希望儿子找到自己喜欢的事情，并从中取得快乐。

每当孩子在人生道路选择上询问梁漱溟意见时，他从来不置可否，反而询问孩子自己的想法，就算这条路在他看来是不合理的，他也不会阻止。也许很多父母为了了女少走弯路，便会为他们选择自认为最合适的路，但是梁漱溟却从来不会这样做，"无论干什么、学什么都可以按照自己的意思去做，没有约束、充分自主。"

这种教育对孩子却有想不到的结果，当然并不是适合每个孩子，梁漱溟的儿子有很强的自律性，他们总能严格地要求自己，所以收获也是很大的。

年少的时候，我们大都不了解父母的深苦用意，直到身为人父，才能感同身受，才能明白那一张张布满皱纹的脸的背后藏着的那颗关爱的心。

梁漱溟一生都很节俭，在恕培三岁的时候，梁漱溟从北平回来，看到许久未见的父亲，恕培撒娇想要一架玩具飞机，梁漱溟不赞成乱花钱的行为，恕培一直苦恼着，直到他母亲让梁漱溟带儿子去买玩具，梁漱溟才带着儿子去商场买玩具。恕培看上的玩具都太昂贵，最后在父亲的劝慰下，勉强买了一件自己不是特别喜欢的玩具作为补偿。

恕培知道父亲的生活目标就是能保持温饱就好，孩子时期总会为了自己喜欢的东西闹得惊天动地，却没有考虑到家庭的物质条件，等到身为人父，才能明白父亲内心的五味杂陈，谁不愿意满足子女的要求呢，可是生活条件有限，面对孩子更多的是无奈。

儿子形容梁漱溟，他从来不会把自己的意见明白地说出来，也不会表现出喜悦，更多的时候是藏在自己的心里。但是身边的人却能从他的眼神里看出他的情感，也许这就是血脉相通或者是对在意的人就会格外在乎。

在梁漱溟以身作则的教育下，孩子们也渐渐地养成了节约的习惯，培恕说："1943年，有一封信，他指出哥哥有特意省钱的意思，这样不对。父亲指出'我平时既以钱助人，则我亦可用人之钱。'"原来父亲并不是有意让他们节约用钱，而是把钱花在该用的地方。

第四章 重重山河，莫忘几行书

父亲这个角色不同于母亲，母亲总是关注孩子们的饮食起居，所以常常会不停地唠叨着来表达自己的爱。父亲多是不擅长说话，或者是在子女教育上总是一个眼神就能决定一切。同所有平常人家一样，梁漱溟和儿子之间的相处一般也只有只言片语，他们之间也不擅长表露自己的感情，但是谈到国家大事，双方便有说不完的话题，谈到家庭内部的事，话就明显少了。

"父亲说，中国有古训：父子不责善。意思是父子之间不责备不抱怨对方没有尽到责任。"在梁漱溟眼里，父子之间不能抱怨彼此，就算是给父母尽孝，也全凭孩子们自己内心的想法去做，不能强迫也不能责怪对方做得不好，全靠自己安心。在梁培恕看来，父亲和他们兄弟都做到了这点，以一种自然的方式相处，相处起来更加融洽和谐。

梁漱溟的一生波澜起伏，在孩子眼里，他只是一个喜欢讲道理的、性格有点固执的老人。但是面对不断变化的社会以及不可预测的未来，处于政治舞台上的梁漱溟却能一直保持平稳的心态，这一点一直让很多人感到迷惑不解。

梁培恕说："父亲长寿不一定跟这个有关，但他那个心理状态是别人做不到的。在那个年代，包括跟他年龄相当的一些党外人士自杀的很多。"得罪不少人的梁漱溟却能安然无恙地活到九十五高龄，这和他的人生观有很大的关系，直到生命最后一刻,他只是安然地说,累了,想休息了。

梁漱溟带给孩子们最大的财富就是"一切祸福、荣辱、得失之来完全接受,不疑讶、不骇异、不怨不尤。"世间最大的安详只来源于一个人耐心、端正自己的位置,不被外界事物影响,不动摇自己的观点,就算被人视为异类,被人误解,也不埋怨不悲伤。

出于世,面对世间的浮躁,人们总是过多得在意别人的看法,迷失自己。也许对自己最好的教育,就是让他们在嘈杂的人声中也能保持一颗平静的心,不计较个人得失就不会被很多问题困扰。很多孩子只有在认识到自身责任的时候才能做出一番成就,父母过度的担忧,往往会束缚了他们的翅膀。

一个孩子最大的幸福,便是自由地生长,可以成为期待成为的人,可以有能力去做自己想做的事。爱有的时候是一种自由,一种放纵。

何叔衡给儿子的信：
人当自力更生

风雨百年，物是人非，何叔衡的故居却依旧古朴宁静，绿树环绕，青草池塘，在庭院的前坪里，何叔衡的一座半身雕塑像静静地矗立在那儿，目光温和的平视着前方，似乎穿透苍穹望向了遥远的未来。

故居内复原了何叔衡生前的各件物什，经过百年依旧还被完好地保存着，仿佛在诉说着那个远去的年代和已经远逝的人。

何叔衡故居的一草一木，仿佛都见证着中国革命的历史，双层"山"字形墓葬，墓道两侧肃立着石人、石马，护墙上花岗岩人物浮雕精美，孙中山先生题写"为国捐躯南薰司令千古"的墓碑，更为苍苍墓园平添了庄严和肃穆。

何叔衡的故乡在远离尘世喧嚣的湖南宁乡县沙田乡长冲村的山坳里。他原本出身农民家庭，家境贫困，但聪慧好学，1902年在断断续续的私塾学习下考上了秀才，却又不齿于官僚里的腐朽黑暗，不愿意为五斗米折腰，放弃了丰厚的俸禄，愤然回家种田,开始了自己教授私塾的生涯,被一些人讥称为"穷秀才"。

可是谁也没有想到,就是这样一位清末的秀才后来却成了中国共产党的创始人之一,在中国历史写下伟大的一笔。

风云变幻,群雄辈出。动乱的时局已经让越来越多的仁人志士开始认真思考中国今后的出路,开始审视当下的局势,一些原本偏居一隅的有志之士也纷纷出来,期望用自己的力量来改变中国的现状,这其中就有何叔衡。

在何叔衡二十二岁之前,他都一直待在乡间务农,二十六岁时才考取秀才的功名却又一气之下回家教书,三十七岁之前他是乡间的一个默默无闻的私塾先生和小学教员,两耳不闻窗外事,本可以安然度过一世春秋。何叔衡在乡间任教之时就集合了三位好友,即谢觉哉、王凌波以及姜梦周,被人合称为"宁乡四髦",虽然依旧是身着长袍马褂,可是心忧时局,只是在当时苦无出路。作为当时的知识分子,对国内的情况多少有些了解,希望能够为国家做出点贡献。

1909年,何叔衡走出了新的一步,他被聘请为云山高等小学堂的教师,这让他在教授文史课程的同时也受到了新思想的影响并开始阅读外界的一些新书,渐渐地接触到了孙中山所倡导的"三民主义"的思想,了解到了一些近代科学的知识。

这仿佛为何叔衡打开了一扇新的窗户,让他看到了全新的天地，让他那颗原本将要沉寂的心开始火热的跳动起来，透过深重的浓雾，他似乎看到了未来的光明。1911年，孙中山领导的辛亥革命爆发，他兴奋激动地率先剪去了自己头上的辫子，又开始动员周围的男人剪掉辫子、女人放弃裹脚，抛弃那些陈旧的陋习。而当何叔衡暑假回家的时候，他看到乡间那些守旧妇人仍旧不肯解开裹在自己脚上的脚布时，不禁心生悲哀，于是愤怒之下，他将家中所有的裹脚布和尖脚鞋全部搜了出来，然后提起菜刀，用力将其砍烂，他希望用这种决绝的方式来唤醒乡间愚昧的民众。民众不醒，何谈出路？

那些老祖宗传下来的思想和习俗将要被打破，在何叔衡看来，这些都是历史必然的，可是在那些没有接受过教育的广大群众看来，这是有违背传统的，是不合理的。何叔衡意识到革命的路还很漫长，要唤醒广大群众并肩作战，才能看见革命的曙光。

人是历史的创造者，自古人定胜天，忧国忧民之士必然做出一份不朽的伟绩，革命的艰辛不是来自外部的，而是内部根深蒂固的传统封建思想，若想连根拔除，必然不是一件容易的事情。这中间需要有人肯抛头骨洒热血，敢于牺牲，而何叔衡早已准备好。

意识到强大和振奋中国的出路在于外界新思潮和新力量的崛起，何叔衡毅然决定重新开始学习，只有通过学习，才能了解到时事的变革,才能让自己更全心全意地投身革命,才能做一个合格的革命党人。1913年,当时已经有三十七岁的何叔衡考入了湖南第一师范,开始学习新知识。正是这次的抉择,让他此后的人生发生了极大的变化,使他走上了一条坚定的革命道路。

在入学之时,面对别人的怀疑,何叔衡只是诚恳地说道:"深居穷乡僻壤,风气不开,外事不知,急盼求新学。"在师范学校学习时,这个在全校年纪最大的学生和青年们很快熟悉了,他积极参加青年活动。正是对时局的热心和忧患,何叔衡在这儿结识了一批挚友,其中就有毛泽东。

1914年,何叔衡与毛泽东年龄相差十多岁,却成了革命挚友,二人一见之下志同道合,何书衡虽然年纪不小,但是他的思想跟得上时代,在毛泽东看来,何胡子一点也不迂腐,反而比一些留洋海外的形式学派的青年更能看透时政。两人时常聚在一起探讨中国未来的出路,忧叹当下的时局。

1917年7月,毛泽东和萧子昇两人一次在游学湖南考察农村时恰好途经沙田,于是就在何叔衡的住处逗留了三天。白天,何叔衡将当地的贫困农民召集在一起与毛泽东等人进行座谈;晚上,三个志同道合的人就点起油灯探讨中国的出路和农民的未来。

1918年,何叔衡和毛泽东以及蔡和森等人在长沙发起成立了新民会,并担任学会的执行委员长。何叔衡作为年龄最大的成员且处事老练，面对危险能真正做到安之若素，毛泽东对他的评价是"叔翁办事，可当大局"。

五四运动爆发后，何叔衡投身于这一大浪潮中，并在次年组织和发起了湖南的俄罗斯研究会，积极提倡青年们赴俄勤工俭学，并在同年冬天何叔衡与毛泽东共同发起成立了湖南最早的共产党组织，成为共产党的创始人之一。

1921年初，新民学会内部就"改造中国与世界"应用什么主义展开讨论，何叔衡明确反对无政府主义，表示应信仰马克思主义科学社会观。同年6月，湖南军阀以"宣传过激主义"的罪名撤销何叔衡教育馆馆长之职。7月间，他与毛泽东在长沙一同登上一条轮船赴上海，参加中国共产党建党后的第一次全国代表大会。

何叔衡当了几十年的教书先生，爱穿长衫，参加共产党后，从外貌看仍是一副旧式学究模样，有人还说他老而笨。当时革命的领导人大都是留洋归来，何叔衡的装扮显得十分土气，不了解他的人，还以为他身上带着传统中国书生的迂腐气息，便不肯与他亲近。但是深入了解他的人，却知道他全然没有旧学者的迂腐气息，不仅精明而且办事热忱。毛泽东就说过："何胡子是一条牛，是一堆感情。"

何叔衡是一头牛，一头俯身为百姓的牛。但是何叔衡的装扮并不是一无是处，还能在关键时刻救了他的性命。一天，何叔衡走在街上宣传鼓动革命时被警察抓走，审讯官看了看何叔衡的打扮，哪像个革命家，当时的革命家大都留学西洋，都是油头粉面的，而何叔衡穿着一身破旧的长褂，灰头土脸的。

审讯官便问："你知道什么是共产党，什么是国民党吗？"

何叔衡故意学着夫子摇头晃脑地说："吾乃学者，岂能不知？共产党三民主义也，国民党五权宪法是也。"然后各种讲经论道，满口之乎者也，气得审讯官吹胡子喊道："滚。"何叔衡便大摇大摆地离开了，等审讯官查到何书衡就是中国著名领导人之一时，早已不见何叔衡的踪影。

何叔衡就是利用自己的机智奋战在革命一线的，逐渐成为一个合格的共产党员。

一直在外为革命事业奔波的何叔衡回家的次数越来越少，回家停留的时间也越来越少。可心中对于家中的思念却丝毫没有减少分毫，每当夜深人静、工作忙完之时，他就会忆起家中的亲人，想起家中的妻子和孩子们。仿佛陪在他们身边的日子越来越少，不知道他们如今生活可还好？

于是，在思念的催动下，何叔衡开始一封封的往家中寄信，以慰思家之情。不能陪伴在孩子们的身边，看着他们无忧的成长，就让鸿雁带去自己的美好祝愿。亲爱的孩子，父亲现在所做的一切都是为了千千万万孩童的未来,这样一个黑暗的旧中国必将破灭迎来新生。在这种信念下,何叔衡一次次地按捺住了回家的急切心情,将思家之情深深地掩藏在心底,只是在无人之时独自品尝,然后任明月清风带去自己的思念。

也许正是家人的体贴,何叔衡才能在革命一线上无所顾忌,然而对于家人,他又是心怀愧疚的,战争的无情和亲情的温暖形成了鲜明的对比,为了祖国,何书衡甘心离开温暖的家而投身到水深火热的战斗中,大概支撑他的是一种信念。所以,伟人是孤独的,他们要独自面对很多困难处境,独自默默坚持。

1928年,何叔衡远赴莫斯科出席中共的六大会议。而后便留在了莫斯科继续深造学习。在异国他乡,何叔衡思家之情更甚。看着窗外广袤的山岭是那样的雄峻,可即使如此,它也阻断不了回家的路,只是此时,自己还有更重要的事情没有完成,又怎么能就这样回去?

莫斯科,当时世界上第一个社会主义国家的首府。何叔衡在这儿感受到了优雅的学习环境与氛围,每天供应着牛奶和面包。一年的时间使得他的俄语已经大有进步,马克思主义思想的著作更是从不懈怠地研究阅读,但在他内心深处,总有一股淡淡的忧伤挥之不去,那不同于对时局的忧患,而是一种对亲人的思念。

家书承载着血脉间不可割舍的情分,寄托着一份份无法触摸

欲作家书意万重

的牵挂。谁也看不到写信之人微微皱起的眉梢，也看不到那双被眼泪浸泡得发红的眼睛。只能从一颗颗端正的文字里，一点点发掘对方的感情，揣摩着彼此，可是看不见那抑扬顿挫的身影，触不到那高大魁梧的身影。

但是斯人已去，书信长存，后人依旧可以翻开那一沓沓泛黄的信纸，找寻他们存在的痕迹。这些书信，不仅教育了老革命家的子女，也是中国人的精神财富，自古亲情如出一辙，都是如此感人肺腑，互诉衷肠。

1929年农历六月，何叔衡拿起笔给远在家乡的继子何新九写下了这封信，当时他正在苏联莫斯科中山大学学习。在信中，没有深情的话语，可是在朴实无华的字句之中，却让人感受到了一股发自肺腑的关爱。

自从参加了革命，他常年在外，对家中之事并没有忽略多少，再结合当下的局势情况，何叔衡早已将家中的各项事务清理明白，他在信中仔细地告诫儿子怎样持家和为人处世。虽然没有在子女身边，但是一封书信，就如同在子女身边轻声叮嘱。

新九阅悉：

接11月祖父冥寿期，由葆（华）代笔之信，甚为感慨。我承你祖父之命，托你为嗣，其中情节，谁也难

第四章　重重山河，莫忘几行书

得揣料。惟主此时，或者也有人料得到了！现在我不妨说一说给你听：一、因你身孱弱，将来只可作轻松一点的工作；二、将桃媳早收进来；三、你只能过乡村永久的生活，可侍你母亲终老。至于我本身，当你过继结婚时，即已向亲友声明，我是绝对不靠你给养的。且我绝对不是我一家一乡的人，我的人生观，绝不是想安居乡里以善终的，绝对不能为一身一家谋升官发财以愚儒子孙的。此数言请你注意。我挂念你母亲，并非怕她饿死、冻死、惨死，只怕她不得一点精神上的安慰，而不生不死的乞人怜悯，只知泣涕。我现在不说高深的理论，只说一点可做的事实罢了。

1. 深耕易耨的作一点田土；
2. 每日总要有点蔬菜吃；
3. 打长算准备三个月的柴火；
4. 打长算喂一个猪；
5. 看相、算命、求神、问卦及一切用香烛纸钱的事（敬祖亦在内），一切废除；
6. 凡亲戚朋友，站在帮助解救疾病死亡、非难横祸的观点上去行动，绝对不要作些虚伪的应酬；
7. 凡你耳目所能听见的，手足所能行动的，你就应当不延搁、不畏难的去做，如我及芽弟等你不能顾及的，就不要操空心了；

8. 绝对不要向人乞怜、诉苦；

9. 凡一次遇见你大伯、三伯、周姑丈、袁姊夫、陈一哥等，要就如何做人、持家、待友、耕种、畜牧、事母、教子诸法，每一月要到周姑丈处走问一次，每半月到大伯、七婶处走一次，每一次到你七婶处，就要替她担水、提柴、买零碎东西才走，十九女可常请你母亲带了，你三伯发火时，你不要怕，要近前去解释、去慰问；

10. 你自己要学算、写字、看书、打拳、打鸟枪、吹笛、抚琴、唱歌。

够了！不要忘记呀！我[你]接此信后，要请葆华来（要你母亲自己讲，她的口气，我认得的），请她写一些零碎的事给我。

父二月三号（十二月二十三日）笔

新九即何新九，何叔衡和妻子袁娥两人当时没有子女，便依照父亲的意思从弟兄那过继了一个儿子，这个孩子便就是何新九。何新九过继给何叔衡时已经二十四岁了，已经足够成熟地料

第四章 重重山河，莫忘几行书

理家务了，但是作为父亲的何叔衡仍然在信中向他讲述了许多人生道理，要用自己的双手为自己创造幸福。

他在信中写道："因你身孱弱，将来只可作轻松一点的工作。"因为关爱，所以不在乎将来的成就，只希望你能一生安顺，这便是莫大的幸福。

能成就一番功名固然极好，可是相较身体健康，这些便也就不值得考虑了。何叔衡对儿子最大的期盼，就是让他做一个本分踏实的人，不求大富大贵，只求平安一生。

何叔衡在信中写着，他并不会让何新九将来奉养他，原本子孙赡养父母是天经地义之事，可是考虑到何新九自己的情况，何叔衡硬生生地打消了这个念头。他又何尝不想享受天伦之乐，享受膝下儿孙环绕的感觉。只是一则何新九自己负担太重，对一个人好便就是不拖累他，虽未说出来，可是字里行间细细地品出却更加的感人，这该是多么深沉的父爱亲情。二则是自己有未竟的事业，就如何叔衡在信中所写："我绝对不是我一家一乡的人，我的人生观，绝不是想安居乡里以善终的，绝对不能为一身一家谋升官发财以愚懦子孙的。"

不偏不倚，即使已经身居中共要职，可是何叔衡依旧那般坦荡自若，儿孙自有儿孙福，他们的未来应该在他们自己的手里，然后去努力争取，只有自力更生才能幸福地过上自己想要的生活。后来,这也成了何氏一门的家训被传承了下来。

何叔衡的人生观注定他一生的漂泊,因为他不愿意安于现状,祖国和人民都需要他,他所奉献的对象不只是一家一乡,也不是为了谋官发财才如此奋斗,他把自己的人生观告诉何新九,这其中又有多少的殷殷期盼呀。

从养生到为人,何叔衡在短短的信笺里详细地罗列了出来,看似严厉,可在严厉的外表之下隐藏的只是一颗柔软的心。为人父母者,对于子女总是煞费苦心。

何叔衡自己很少有时间长期陪伴在孩子身边,亲自教导他应该和睦乡邻和家族亲戚,也不能亲自教他读书识字,更不能亲自教导他怎样做才能成为一个正直善良的人,他只能通过书信来教导孩子,希望能达到言传身教的效果。

何叔衡一生傲骨铮铮,孩子虽然居于乡间不出,可也不希望他就此懦弱,养成虚假逢迎的性情,因此总是在信中会再三叮嘱告诫。在他看来,人可以不做出卓越的成就,但绝不能有人格上的污点。只有爱子情深,才能不纵爱不溺爱。何叔衡远从莫斯科寄来的家信就如同春日里的暖阳一般驱逐了西伯利亚的冷风,只觉情深无限。

革命无情,家有情。舒适温热谁不恋?可是总有一群人,会了为伟大的事业而放弃自己的舒适享乐,这就是当时的老革命家心中的熊熊抱负。残酷的战斗，意味着他们随时面临着生命危险，更是无暇顾及自己的一方小家。一封漂洋过海的家书有的时候就是最大的慰藉，亲人之间最大的安慰莫过于彼此的平安。

何叔衡写给儿子的信没有风花雪月，没有轻言细语，只是在安排一些家庭生活琐事。但是从这些只言片语中，我们就能看到何叔衡和儿子之间的相处方式，何叔衡也许是个严厉的父亲，每一条都安排得清晰明了，但是其中却是一种牵肠挂肚。

信的最后，何叔衡让儿子写封回信，让他母亲写，他说他认得她的字。朴素的话语中裹藏着深深牵挂。这些文字看似都是家庭小事，却见证了共同的生活环境，这其中传递的深情架起了亲人之间的桥梁。

1935年，何书衡已经年近六旬，面对国民党的追杀，中央局书记项英派人送何叔衡和当时正在生病的瞿秋白去闽西。一路跋山涉水，但是一个疏忽却造成了不可挽救的损失。不熟悉环境的便衣队生烟做起早饭，冉冉升起的炊烟却成了信号，敌人很快从四面八方围来。

当时何叔衡已经年迈体弱，身体已经支撑不住长跑，眼看敌人就要逼近，他不想连累自己的同志，便对邓子恢说："你开枪打死我吧！"邓子恢不肯，他让警卫员架着何叔衡跑，到了一个悬崖边，何叔衡挣脱警卫员，纵身跳下悬崖。"我不能走了，我

欲作家书意万重

要为苏维埃流尽最后一滴血。"何叔衡为了让同志们顺利离开,就这样结束了自己的生命。

对于何叔衡的死,邓子恢深感痛苦,当时只要过了这座山,便可以将敌人打退,要是再坚持一下,何叔衡就不会死。

"绝对不能为一身一家升官发财以愚懦子孙!"加入中共的何叔衡,并不是为了自己的名利。何叔衡牺牲后,他的精神一直鼓励着后人:自食其力,友善待人,坚守勤勉的家风。

何书衡对儿子的期盼,恍若就在眼前,命运并不是上天的安排,要积极地面对自己的人生。路在脚下,凡事都要靠自己的努力。人应当自力更生,也许踏踏实实做好每一件事,就能成就自己的幸福。一个人要端正自己的位置和态度,才能去选择最适合自己的人生道路。

这也是千千万万父母对子女最简单的期盼,自力更生,创造自己的幸福,无论平凡还是伟大。

第五章

一生飘零,莫若弗亲

萧红：
九一八致弟弟

松花江畔，呼兰城里，灵动的山水养育了聪慧的萧红。萧红原名张乃莹，出生在黑龙江呼兰县城内南街一个封建的地主家庭里。这位命运多舛的民国才女，一生颠沛流离，居无定所，最后客死异乡，凄凉冷落的结束了自己短暂的一生。她年轻时便独自在外漂泊流浪，众人都只道她亲情冷漠，毫无感情可言。

然而，在萧红孤寂的人生当中，却其实一直都有一抹温馨的亲情在温暖着她，让她在晦暗阴郁的岁月里能捕捉到点滴生活的阳光，让她觉得世上还有那么一个与她血脉相连的人在惦记和挂念着她，她不是这个世上的孤儿，她也有爱自己的亲人。这个一直让萧红感到温暖亲情的人便是她的二弟张秀珂。

萧红是家里的长女，比起张秀珂要大五岁。母亲去世后，留下他们姐弟四人，由于生活条件的艰辛，其余两个在幼年已经去世，萧红对他们只有很少的记忆残存。失去母爱后的萧红和弟妹们如同失去了保护伞，继母的苛刻，让他们的生活变得更加艰辛。

在萧红离家之前,她和弟弟张秀珂关系并不亲密。萧红的童年孤单而寂寞,家中唯一让她感到温暖的就是祖父对她的关爱。祖父会带着萧红在后花园里看小动物,抱着她玩,教她文学启蒙……在萧红的回忆里,祖父总是笑盈盈地看着她,然后就拉着她的手,每天形影不离,一起在后花园里享受时光的宁静和自然的美好。

祖父对他们姐弟很好,因为祖父的缘故,他们总是能够得到更多的食物。失去母爱的萧红,童年最快乐的日子就是和祖父相伴的日子。所以她的很多作品,都有祖父的身影,而家却在她心中渐渐淡去。

正是在祖父的影响下,萧红从小就养成了天真烂漫的性格,她既敏于感知,也富于情感,更长于想象。她崇尚自然和自由,渴望打破一切樊篱和禁锢。她就是一只需要广阔天空的小鸟,振翅飞翔。

萧红和弟弟的关系并不是很亲密,因为她长年在外读书,很少回家。但是血浓于水的亲情让他们无法割舍,萧红回家总喜欢给弟弟带些小礼物。她在哈尔滨女中读书的时候,给弟弟带回一个五色的万花筒,小孩子对于新奇的玩具总是有很大的兴趣,这件事让张秀珂感到很开心,萧红在北京上学的时候,给弟弟买了一个幻镜。这些事情,张秀珂回忆起来,脸上仍然会露出幸福的笑容。

但是随着年龄的增长,也可能是所受教育的影响,姐弟之间在思想和价值观上逐渐产生了距离,接受新文化的萧红喜欢看鲁迅的作品,但是张秀珂觉得很乏味,他更喜欢看《西游记》。

在得知家里给她定了一门包办的婚姻后,姐弟之间也有不同的意见,他觉得姐姐如果不愿意和汪姓的人订婚,取消就是了,何必打官司。年少的张秀珂完全不能理解姐姐的处境,总以为事事都很好解决,姐姐总把矛盾扩大化。姐弟之间思想的矛盾,让他们在感情上逐渐疏远。

那时候的萧红是埋怨弟弟的,他未曾站起来和她一起向命运抗争,反而不理解她。在家里,唯一像她亲人的便只有她的弟弟。

萧红选择了离家出走。那年,她二十岁,正是青春的时候,可是萧红却是逃难,她一个人踏上了人生的旅途,没有任何人相伴,开始了此后漫长而没有终点的流浪生活。

萧红从家里出来的时候,没有人对她的离开表示挽留或惋惜。自从祖父去世后,原本弥漫在家里的唯一的温暖也冷却了下来,在萧红看来,那只是一个亲情冷漠、毫无生机、只有残酷和冰冷的地方。所以,她头也不回地走了。即使在外流离失所,也胜于在家阴冷度日。

萧红走的时候,张秀珂还小,也许他不知道离别是什么,他以为在某个清晨打开门,姐姐便回来了,外面的世界那么复杂,姐姐迟早会回来的。而弟弟的冷漠,在敏感的萧红心里却划了一道伤口,让她觉得亲情也是如此的冷漠无情,再也没有什么可以眷恋的地方。

至此,姐弟两人再也没有联系,只能用记忆拼凑着对方的面庞。张秀珂在齐齐哈尔读高中时,只身在外,更加思念自己的亲人,他终于更加思念姐姐。直到有天偶尔在报纸上看到了悄吟这个名字,打听后才知道就是姐姐。张秀珂便向报社探寻消息,报社帮他给萧红写了封信。

想不到的是很快就收到了萧红的回信,萧红让张秀珂转学到哈尔滨,张秀珂仿佛又看到了儿时的姐姐,他和萧红之间的亲密感似乎又恢复了许多。为了见到姐姐,他便转学到了哈尔滨,从此和萧红之间恢复了联系。

亲情之间永远有一条隐形的线,再远也会牵在一起。从此以后他们之间又开始了往来,萧红经常给弟弟写信,关心他的饮食起居。在萧红的指导下,张秀珂也读了一些进步书籍,萧红会偷偷给他《生死场》《八月的乡村》《丰收》(叶紫著)等书,这些书也启发了张秀珂的思想。

第五章 一生飘零,莫若弗亲

也许萧红后来会后悔给张秀珂看的这些书籍,因为它们燃起弟弟胸中的抱负,他再也不能安于平淡安稳的生活。以至于后来姐弟常常相隔两地,她失去了最珍爱的亲情。

1941年,在九一八事件十周年的前夕,身在香港的萧红给身在远方的弟弟张秀珂写下了这封没有寄出去的饱含深情的书信。在信中,萧红用细腻的笔触,叙述了自己对弟弟的思念和多年来两人的数次擦肩而过的遗憾,娓娓道来,情感真挚。

可弟:

小战士,你也做了战士了,这是我想不到的。

世事恍恍惚惚的就过了;记得这十年中只有那么一个短促的时间是与你相处的,那时间短到如何程度,现在想起就像连你的面孔还没有来得及记住,而你就去了。

……

而事隔六七年,你也就长大了,有时写信给我,因为我的漂流不定,信有时收到,有时收不到。但在收到信中我读了之后,竟看不见你,不是因为那信不是你写的,而是在那信里边你所说的话,都不像是你说的。这个不怪你,都只怪我的记忆力顽强,我就总

欲作家书意万重

记着，那顽皮的孩子是你，会写了这样的信的，会说了这样的话的，哪能够是你。比方说——

生活在这边，前途是没有希望，等等……

这是什么人给我的信，我看了非常的生疏，又非常的新鲜，但心里边都不表示什么同情，因为我总有一个印象，你晓得什么，你小孩子，所以我回你的信的时候，总是愿意说一些空话，问一问家里的樱桃树这几年结樱桃多少？红玫瑰依旧开花否？或者是看门的大白狗怎样了？关于你的回信，说祖父的坟头上长了一棵小树。在这样的话里，我才体味到这信是弟弟写给我的。

但是没有读过你的几封这样的信，我又走了。越走越离得你远了，从前是离着你千百里远，那以后就是几千里了。

……

不多时就七七事变，很快你就决定了，到西北去，做抗日军去。

你走的那天晚上，满天都是星，就像幼年我们在黄瓜架下捉着虫子的那样的夜，那样黑黑的夜，那样飞着萤虫的夜。

第五章 一生飘零,莫若弗亲

你走了,你的眼睛不大看我,我也没有同你讲什么话。我送你到了台阶上,到了院里,你就走了。那时我心里不知道想什么,不知道愿意让你走,还是不愿意。只觉得恍恍惚惚的,把过去的许多年的生活都翻了一个新,事事都显得特别真切,又都显得特别的模糊,真所谓有如梦寐了。

……

但是从那以后,你的音信一点也没有的。而至今已经四年了,你到底没有信来。

我本来不常想你,不过现在想起你来了,你为什么不来信。

于是我想,这都是我的不好,我在前边引诱了你。

今天又快到九一八了,写了以上这些,以遣胸中的忧闷。

愿你在远方快乐和健康。

　　她在这封写给弟弟张秀珂的信中写到了当时她离家时的情景。当时的萧红内心该是多么的失落和失望,心中对于亲情残留的幻想也在这瞬间破灭了,她只能奋力地朝前奔去,奔向那白茫茫的大雪之中,可天地苍茫,她又该何去何从?

一直在外流浪的萧红从未想过有一天自己还能再感受到亲情的温暖。那时,她已经在外漂泊多年,习惯了东游西走食不果腹的日子。她一直游走在生活的边缘,却又遭受着生活所给予的苦难。

直到后来,她和萧军的相识与相恋,给了她极大的安慰和依靠,让她不再觉得彷徨和无助,她的生活开始出现一抹亮色,苍白的脸上也多了一份应有的妩媚,这让她觉得生活似乎有了支撑,她不用再一个人逃离。可每每想起亲情之乐时,依旧会有一丝黯然的神色浮现在她的眼中。而这时,她收到了来自那个多年未联系的弟弟张秀珂的来信。

初接到信时,萧红除了惊讶之外更多的是惊喜。她想象不到那个小时候对自己冷冷落落的弟弟会主动联系自己,向她坦陈生活的喜怒哀乐和成长的烦恼,愿意寻求和听取她的意见。

可毕竟时光恍惚,从萧红离家转眼已经过去了六七年,她对弟弟的认知一直都停留在过去的记忆当中,因此当她最初接到张秀珂的信时也同样觉得十分陌生。

她努力地从脑中调取以往的回忆,从中搜寻弟弟的模样,她希望能寻到那个熟悉的影子,重合上心中的影像。萧红虽然早已离家,可在她并没有忘记家,只是将那些不愿回忆的过去埋藏在了内心深处。

而今，张秀珂的出现，让她忆起了那段被她隔绝了的过去。原本那个冷漠的家庭，多年后竟也让她感觉到了亲情的温暖。萧红感到自己内心深处那被尘封了多年的亲情似乎正在复苏，慢慢地拥有了温度。此后，萧红便开始和张秀珂陆续地保持了通信。

但就如萧红在信中所言："因为我的漂流不定，信有时收到，有时收不到。"此时的萧红并没有结束自己的流离生活，她和萧军两人一路辗转，从哈尔滨到青岛再到上海……然而，让她更没有想到的是，张秀珂竟然会沿着她的足迹一路寻觅和追寻，尽管多次擦肩而过。

萧红在信中写道："而后你追到我最先住的那地方，去找我，看门的人说，我已不在了。而后婉转的你又来了信，说为着我在那地方，才转学也到那地方来念书。可是你扑空了。我已经从海上走了。"尽管没有相遇见面，但在萧红看来，能互通书信已经是很幸运的事情了。

在萧红看来最为神奇的相遇却是在东京。两人分别重洋远渡，远离祖国和朋友，原本以为在异国他乡应是孤零零的一个人，却哪知萧红竟收到了张秀珂从东京寄来的信件。独在异国的萧红立即兴奋了起来，她忽然有些迫不及待地想要见见这个多年未曾谋面的弟弟。

然而，她忽然间又觉得贸然前去太过打扰，竟另约了一个相见时间。让萧红没有想到的是张秀珂早已离开东京。张秀珂没有去找萧红是害怕被特务发现，给姐姐带来不必要的麻烦。东京，毕竟还是只有她一个人。然而，每每想起张秀珂也曾在这里生活过、居住过、学习过，萧红心中又多了一份难言的亲切。

回到上海，萧红和弟弟终于见上一面，虽然只有半日。这期间，张秀珂对姐姐又有了新的误解。当时萧红经常和萧军闹意见，一次他刚进屋，萧红就告诉他，方才他们争吵过，萧军把电灯泡都打坏了。萧军就马上抢过来说："是碰坏的。"并分辩说他是如何有理等等。文人之间的往来都平静如湖水，但是内心已经翻江倒海。

张秀珂当时是拥护萧军的，不赞成萧红做法的，认为姐姐过于无理取闹，因为这一点点的偏见，便在情感上让姐弟俩又有点隔阂。

这件事后，叛逆的弟弟就不再听姐姐的话，萧红准备上北京访友，问弟弟去不去？弟弟说不去。他觉得北京乌烟瘴气，汉奸日寇横行，并不想卷入政治的纷争，保家卫国有很多方式，他不想让姐姐过多的干涉自己的人生。

七七事变爆发后，张秀珂决定去陕北参加革命实践。萧红曾问他："在陕北净吃黑馍，你受得了吗？"张秀珂反而埋怨姐姐

第五章 一生飘零，莫若弗亲

顾虑的太多了，陕北那边条件没有那么艰辛。

面对弟弟的坚持，萧红心里又是不舍又是担忧，她不舍好不容易能长时相处的亲人却要远离，这一去不知道何年何月才能再见，她担忧弟弟受不住那边恶劣的条件，会吃很多苦头。但是张秀珂还是选择离开，带着萧军写给红军的信参加革命。

但是谁知这一去竟成了永别。直到在回忆中，张秀珂才知道当时误解了姐姐，萧军和萧红之间的矛盾一直存在。可是斯人已去，后悔不及。

萧红在信中细细地叙述着她和弟弟张秀珂恢复亲情、通信以来的点点滴滴。原本以为都是不经意间的小事，却早已深深地刻印在心底，供她在思念之时慢慢品味。

她原以为自己在脱离亲情后可以活得更加肆意洒脱，但张秀珂的到来，让萧红内心有一块柔软了下来，她明白那是自己久违了亲情所带来的温馨。

张秀珂对这个多年没有联系的长姐心中充满了崇敬和眷恋。他循着萧红的足迹去寻找她，在萧红居住的楼下驻足停留，累了就简单地在楼下的椅子上休憩过夜。

她一生漂泊，本就缺少亲情，张秀珂让她感受了生活中的一缕明媚的阳光，这个年轻而富有朝气的青年，给了萧红别人不曾带来的快乐和幸福。然而，七七事变后，张秀珂选择了参军从戎,奔赴战场,他从跟着萧红的小尾巴摇身成了一名光荣的小战士。这让萧红惊讶之余,心中也充满了不舍。谁知,此后一别,竟是音讯全无。这段日子更多的是牵挂,这种牵挂也让萧红内心充满温暖。

1938年,当萧红跟随其他作家前往山西时,她听说了弟弟张秀珂就在洪洞的前线,欣喜之下便修书一封让人带了过去。但当时张秀珂正随八路军在汾阳和孝义一带战后整军,既没有接到萧红的信件,也毫不知晓姐姐就在离自己不远处的民族革命大学任教。而这次的错过,便就是今后的诀别。此后,直到萧红因病离世,张秀珂再也没有见过她一面。

当时在山西时,萧红虽然没有见到亲爱的弟弟,但她看着那群充满朝气的青年,内心同样觉得高兴极了,如她在信中所写:"那时我心里可开心极了,因为我看到不少和你那样年轻的孩子们,他们快乐而活泼,他们跑着跑着,当工作的时候嘴里唱着歌。这一群快乐的小战士,胜利一定属于你们的,你们也拿枪,你们也担水,中国有你们,中国是不会亡的。因为我的心里充满了微笑。虽然我给你的信,你没有收到,我也没能看见你,但我不知为什么竟很放心,就像见到了你的一样。因为你也是他们之中的一个,于是我就把你忘了。"

看见那些年龄和弟弟相仿的孩子,萧红仿佛看到了弟弟。那

第五章 一生飘零，莫若弗亲

些孩子是多么的充满活力，让她感觉到弟弟也那么健康活跃，所以内心得到一丝慰藉。多么温暖的亲情，因为有了牵挂，也感觉到自己活着的意义。

然而，时光流逝，匆匆四年过去，张秀珂依旧是音讯全无。国内的局势一天天紧张，萧红已经跟随端木蕻良由重庆转去了香港。写这封信的时候，她已经开始染病，但更多的是心灵上的孤寂，她在香港期间，几乎没有可以交心的知心朋友，总是孤单的一个人。

她和端木蕻良的感情也出现了裂痕，这让萧红在精神上显得更加苦闷。她开始期盼张秀珂的来信，渴望能得到一点亲情上的慰藉，然而却久盼不至。

若是张秀珂此时回来，活蹦乱跳地出现在她面前多好，也许萧红的病情会有所好转。萧红是很敏感的人，她比一般人更容易感到孤独，其实这是她自己缺乏安全感的表现。因为萧红生活的环境，从小失去亲人，躲避包办婚姻，一人出逃在外，受过不少的冷眼，也看透了人间冷暖。失去萧军，她感到爱情的不可靠，现在和端木蕻良感情也出现危机，唯一能够期望的便是亲情。

她给弟弟写了不少信，可是都没有收到回信，她开始变得焦躁不安，战争随时都面临着死亡的危险，也许在某一刻她想到了弟弟是不是出现什么不测。这些过度的担忧让萧红的病情更加严重,可是依旧没有弟弟的消息,每一次收信她都会充满期待,但是收到的永远没有她熟悉的字体。

如果从离家出走的时候萧红就和弟弟断绝联系,也许就少了这些回肠的牵挂,可是偏偏他又走进她的生活。让她时刻记得这个世界上还有一个和她流淌着同样血液的亲人,所以萧红对弟弟一直很疼爱和关心。

在信的末尾,萧红不无惆怅的写道:"但是从那以后,你的音信一点也没有的。而至今已经四年了,你到底没有信来。我本来不常想你,不过现在想起你来了,你为什么不来信。"

后来,她绝望了,用"我本不常想你"来宣泄自己的小小不满,若是不想,怎么会清晰地记着四年没有收到弟弟的信。盼而不至该是多么的失望,尤其是处于困顿中的萧红,她期望能从中得到哪怕丁点的安慰。然而,她终究是怅惘了。但信却无比清晰且深情的展露了她内心的真实情绪以及她对弟弟张秀珂的思念。

现实的冷漠让萧红在遗憾和不满中离开,她本是一个温暖的人,只因外界的冷漠冰冷了她的心,若是加点温,也是能炙热起来的。若是世界多给这位敏感的姑娘一点温暖,萧红也许能够度过那些不堪回首的日子。

复员后,张秀珂找到了萧军和端木蕻良,其实这些年他经常写信,他们都没有收到,残酷的战争阻断了他们的来往,直到

第五章 一生飘零，莫若弗亲

收到姐姐的噩耗。在部队的日子，他还常常埋怨姐姐没有给他写信，现在才知道萧红给他写过很多信，但是都没有寄出去。

1942年，那是一个炎热的夏天，张秀珂看到报刊上刊登了萧红的死讯，整个人都处于崩溃的边缘。为了纪念姐姐和抒发自己的悲痛，张秀珂写了一首长诗，但是最后又亲手撕掉了，任何文字都无法清楚地描绘此时他的感情。

萧红去世后，张秀珂四处搜寻姐姐生活的情景，只知道她过得不好，就算到了生命的末尾她依旧在念叨自己的弟弟。张秀珂陷入深深的自责，在姐姐最困难的日子，他没有陪在身边，没有给她一丝一毫的帮助，反而因执拗给姐姐带来更多的困扰。

不知道萧红是怀着怎样的一种心情在最后写下："愿你在远方快乐和健康"这句话的，而这也成了萧红给张秀珂最后的祝福。在那个动荡不安的年代里，萧红终究是没有能逃过生活的苦难，她那富于传奇而跌宕的一生在1942年落下了帷幕，带着她对这个尘世的眷恋和不甘。

或许，她对弟弟张秀珂的淡淡呼唤是她在凡间残留不多的亲情，因而更显珍惜和深情。

老舍致胡絜青：
代我吻吻儿女们

提起老舍，都知道他是新中国成立后第一位获得"人民艺术家"称号的著名作家，老舍的作品大多描写社会底层百姓的悲惨生活，在幽默辛辣中充满了生活的气息。

老舍还有一部分专门写吃的作品，如专门写零嘴落花生的文章《落花生》，又或是写小吃炸莲瓣的文章《吃莲花的》，抑或者是写果蔬的文章《西红柿》和《再谈西红柿》等。文笔雅俗共赏，幽默诙谐中贴近生活，在他的文章里可以看到平头百姓的小馔和生活滋味。

那些幽默诙谐的底层人民的生活时而平淡，时而辛酸。老舍的一生是传奇的，同当时大多数的伟人一样。1908年，到了读书年龄的老舍进入私塾。1913年，他公费考取了北京师范学校，毕业后的老舍先后在方家胡同小学等学校担任教员，直到1921年，老舍在《海外新声》上发表了他的第一篇仅七百字的作品《她的失败》。

第五章 一生飘零,莫若弗亲

1924年老舍赴英国教书。在英国期间,他共创作了《赵子曰》《老张的哲学》与《二马》三部长篇小说。1930年,回国后的老舍在山东济南齐鲁大学任教。1937年抗日战争爆发后,老舍来到了重庆,主持中华全国文艺界抗敌协会的工作。

1937年,日本人的炮火轰开了东三省,山东开始被卷入战局。纷飞烟火中,百姓流离失所。当时的老舍正在山东济南的齐鲁大学任教,已经出版了《赵子曰》和《老张的哲学》的他成了当时的著名作家。如果没有日军的入侵,他或许会在济南一直居住下去,同妻儿过着属于自己温馨的日子。

然而,在动荡的局势下,随着日军不断逼近,他的面前出现了两条路,一个是留下,但若济南一旦失守,他就有可能被日军逼迫继续做事;一个是离开,远离这个混乱而硝烟四起的战局。当时,老舍和妻子胡絜青已经有了三个孩子,最大才四岁,一个两岁,而最小的才三个月,孩子这么小,他又如何忍心自己远走他乡。

一边是忠义,一边是亲情,老舍开始踟蹰着。最终,妻子胡絜青接过了他身上的重担,毅然决然地将他送出了济南,如此一别便是六年。

六年的时光,春来了又走,花开了又谢。可是,对于老舍来说,被战火分隔两地的妻儿才是他心头最深沉的思念。六年,已

欲作家书意万重

足够他最小的孩子长成为一个垂绦幼童，从一个牙牙学语的幼儿长成一个学文识字的小学生；六年，他只能在梦中与妻儿相聚，在信上知晓他们的点滴；六年，他只能频频北望遥寄思念，一颗心被悬在半空……六年的时间，他和妻儿分别的太久了，彼此错过了生命中最青春年少的日子，仿佛才回首，当初还抱在怀里的孩子已经学会了在地上欢快地奔跑，洒下一路的清脆笑声。

然而，这漫长的六年却并不是完全的空白，在往来的书信传递中，那一字一句成了心底最动人的旋律，谱出了世界上最美妙的音乐，看着它们，就仿佛远在千里之外的妻儿已经站在了自己的跟前，模样生动，娇俏可爱。

信成了老舍和家人分隔六年的时光里最重要的寄托。

每日周遭喧嚣沸腾，山河破碎中无数的人在逃亡，无数的家庭流离失所。随着济南的攻克，胡絜青带着孩子逃到了北平，老舍和她的父母家人都在那儿。但随着时局的发展，北平也很快沦陷，胡絜青和孩子们陷入到了战火纷飞的境况当中。老舍虽已在重庆主持文艺界的敌后抗战工作，但国已破、家未圆，远在敌区的妻儿让他无日无刻不牵肠挂肚。

他挚爱的妻子、珍爱的孩子们，在遥远的北平正遭受着战火的轰炸，这都让他心焦不已。幸而还有信，读着从硝烟中递送出来的信，每一次都是心的悸动和安稳。信来了，便知道他们均安

第五章 一生飘零，莫若弗亲

好。虽不能见面，心却紧紧地连在一起。

××：

接到信，甚慰！济与乙都去上学，好极！唯儿女聪明不齐，不可勉强，致有损身心。我想，他们能粗识几个字，会点加减算法，知道一点历史，便已够了。只要身体强壮，将来能学一份手艺，即可谋生，不必非入大学不可。假若看到我的女儿会跳舞演剧，有作明星的希望，我的男孩能体壮如牛，吃得苦，受得累，我必非常欢喜！我愿自己的儿女能以血汗挣饭吃，一个诚实的车夫或工人一定强于一个贪官污吏，你说是不是？教他们多游戏，不要紧逼他们读书写字；书呆子无机会腾达，则成为废物，有机会做官，则必贪污误国，甚为可怕。

至于小雨，更宜多多玩耍，不可教她识字；她才刚刚四岁呀！每见摩登夫妇，教二四岁小孩识字号，客来则表演一番，是以儿童为玩物，则忘了儿童身心发育甚慢，不可助长也。

……

春来了，我的阴暗的卧室已有阳光，桌上还有一

欲作家书意万重

支桃花插在曲酒瓶中。

祝你健康！代我吻吻儿女们！

舍上，三，十。

这封信是老舍写给妻子胡絜青的，但在1942年4月刊登发表在《文坛》第二期上时隐去了抬头。济：即舒济，老舍的大女儿。乙：即舒乙，老舍的儿子。

在那山河板荡的峥嵘岁月中，几乎没有什么比接到家人的书信更让人感到高兴的事情了。老舍和家人相隔千里，想要见上一面何其艰难，互通音讯成了彼此之间最大的慰藉。如老舍在信中开篇所说："接到信，甚慰！"简简单单的几个字便足以表明心中的喜悦，在那个风雨飘摇的岁月里，家人普通寻常的一封信便就是最大的福音！

而在等待信的过程里宛若遭受着最严峻的考验，时刻需胆战心惊、提心吊胆、忧肠挂肚，甚至彻夜难眠，直到接到信的那一刻才真正地放下心来。可是，战争一日不结束，家人一日不团聚，心便无法真正的安定下来，只能在周而复始焦急地等待中渴盼和祈求家人平安。

老舍和胡絜青相识在1929年的冬天，两人的相识其实是一场朋友的精心安排。当时，老舍虽然刚从英国回到北京，但由于已

第五章 一生飘零，莫若弗亲

经发表了三部长篇小说，因而在文学界里已经是颇有名气，于是便被北京师范大学邀请去做《论创作》的演讲报告，邀请他的人正是还在北京师范大学读书的胡絜青。胡絜青和老舍一样，都是满族旗人。

胡絜青自幼喜欢文艺和书法绘画，她曾深受杨仲子等人的影响。1938年跟随齐白石学习国画。解放后专业从事绘画工作，尤其擅长画菊、松和梅，画风清新，师法自然。胡絜青在当时也是小有名气的才女。

胡絜青以自己所在"真社"文学团体的名义出面邀请老舍，老舍爽快地答应了。而实际上这次的邀请会面和演讲报告都是在老舍的朋友也是胡絜青哥哥的朋友罗常培的安排下进行的，就是为了让老舍和胡絜青两人相识然后促成两人成其好事。

那时候，老舍三十一岁，胡絜青二十六岁，都是大龄剩男剩女，他们的父母都为子女的婚姻操心着。虽然对于第一次的安排相识，两个当事人都毫不知情，也不知其中原委，但老舍和胡絜青彼此之间都留下了很好的印象。胡絜青当时正在北京师范大学读书，是新时代的女性，而老舍当时也是进步青年，所以两人很投缘。

随后，在朋友们不断的撮合下，两人见面的次数多了起来，彼此都开始暗中观察对方，猜测对方的意思，渐渐明白朋友们的目的。后来,老舍提笔给胡絜青用蝇头小楷写了一封长长的告白信,其中写道:"饭,我们是吃了,酒,我们也喝了,再往下我们还是要见面不能总靠人家请吃饭来见面吧。我们俩的心里话很多,有的当面可以说,而更多的难以说出来,因为要说就要有勇气,而我的勇气只够把那些难以说出的写在纸上……"

并在信里和胡絜青"约法三章",第一个便就是要能吃苦,吃得下窝头,不能想着坐汽车;第二个就是要学有所长,钻研一门学术;第三个则是夫妻间不能彼此闹矛盾吵架,要安安分分的过日子。

老舍在信中表示要组建一个和睦友爱的家庭。胡絜青给老舍写了回信,答应了他的"约法三章",两人的事便算是正式定了下来。此后,老舍以一天一封信的速度,一口气给胡絜青写了一百多封的信。热恋期间的甜蜜也必须通过信来传递,这就是那个时代的含蓄。

1931年,老舍经由朋友罗常培做媒,给胡絜青送去了结婚礼物:一个戒指、一个大银盾和两个双鱼银瓶。次日,老舍和胡絜青就在灯市口的一家旅馆里结婚,婚礼是中西结合的形式,即有新式的婚礼,也保留了旧式的迎亲传统。老舍对胡絜青说:"以后你看我不吭声时,别怀疑我对你有意见,我只是在想事情或构思小说呢。"婚后半个月,胡絜青就跟随老舍去了济南,她在那

第五章 一生飘零,莫若弗亲

里担任中学教员,两人一直住到1937年日军侵华进入山东。

1937年9月底,日军入侵山东,老舍只身离开了当时已经陷入战局的济南,南下流亡到重庆,后来成了当时中华全国文艺抗敌协会的总负责人。

在国破山河碎、家亡人失所的年代,逃亡和流离成了一种常态。作为当时著名的作家,老舍被迫离开济南这个他生活了六年的地方,南下到达重庆,离开了纷飞的战火。然而,妻儿却被留在了敌区,从此两地分居相隔,一别便又是六年。

胡絜青在老舍离开后,也想带着孩子去重庆找他,可是家中老母行动不便,她必须留下来照顾母亲。

老舍曾在回忆起当初离开的情形时说道:"平日,她的胆子并不大。可是,当我要走的那天,铺子关上了门,飞机整天在飞鸣,人心恐慌到极度,她却把泪落在肚中,沉静地给我打点行李。她晓得必须放我走……"有了胡絜青的坚韧和理解,老舍才能在当时困顿的境地中安心地选择离开。妻子的勇敢坚强带给老舍更多慰藉,娶妻如此,夫亦何求。

离开的那天,在耳畔回荡的是惊天动地的爆炸之声,房子都好像在摇晃一样,只觉得地动山摇,仿佛随时都将有一枚炸弹从天而降,落在周围。

看着妻儿,心里万般不舍,舒适温馨的家,谁不依恋呢?

但是国家无法安定，何处安置一个小家？老舍狠下心来，不再迟疑，他提起胡絜青给他打包好的行李箱，将所有的积蓄都留在了家里，自己只带着五十块钱便开始了流亡生活。他一直向前走，没有回头，他不敢面对那一双双不舍的眼睛，他害怕自己会改变初衷。

他这一走，战火便在他和胡絜青与孩子们之间划下了一道巨大的鸿沟，一个在这头，一个在那头，却无法再跨过去一步。两人都只能饱受战乱的离别之苦，承受着战争所带来的巨大灾难，然后彼此小心翼翼而又牵肠挂肚的生活。在后来的仓皇岁月里，两人虽相隔千里，却守望相助，共同度过了艰难的六年。

随着日军的入侵加剧，许多地方开始被卷入并成为沦陷区，这就有当时老舍的妻儿所在地北平。在硝烟弥漫的岁月里，老舍和妻儿分隔两地，只能鸿雁传书来获得彼此的音讯。

老舍当初离开济南时，舒济四岁，舒乙两岁，而最小的舒雨才两个多月。然而，战火无情，当日军入侵山东的炮火打响时，老舍不得不远走他乡，离开自己深爱的妻儿，经别数年，胡絜青独自带着年幼的孩子在动荡的战区中艰难生活。老舍虽有心接妻儿团聚，却苦于没有路费，只得作罢。

六年的时间里，他错过了舒济和舒乙用稚嫩的手写下自己进入学堂后学写第一个字时的欣喜；错过了舒雨在学会开口叫"爸爸"时的惊喜；错过了孩子们在受到委屈时渴盼父亲的眼神……六年里，他在孩子的生活中留下了太多的空白，只能通过信纸勾勒出了一个模糊的轮廓让孩子们自己去想象，去填满内心的渴望。

然而，分别的六年里，老舍又该是多么的落寞。只身一人远在异乡，有家不能回，妻儿不能见。他多想能陪在妻子和孩子们的身边，看着孩子们快乐而健康的成长，陪他们玩耍嬉戏，教他们学文识字，和他们踏春郊游，将他们生活中的点点滴滴都刻入自己生命的轮廓，让自己在他们的世界鲜明的存在。可是这些在分别的日子里与他无缘了。

他只能读信，从信中知晓他们的近况消息，然后舒展一下眉头。当他知道舒济和舒乙都已经进入学堂时，内心激奋异常，连道："好极！"虽不能陪伴在孩子们的身边，可是孩子们的教育他却时刻都没有忘记。

老舍是个严父，却更是个心细体贴的慈父，在信中可以读出他对孩子们的无限牵挂和喜爱，万千柔情尽在其中。不求孩子们能满腹才华、光耀门楣，只求孩子能健康无忧、茁壮成长。在他看来，唯孩子的身心发展至为重要，在学问方面切不可勉强，"他们能粗识几个字，会点加减算法，知道一点历史，便已够了。只要身体强壮，将来能学一份手艺，即可谋生，不必非入大学不可。"虽然六年来从未和孩子们一起度过，可是在老舍的心中却无时无刻不在关怀着他们的生活。

在那个烽烟四起的年代里，很多人都为生活所迫而上演着背叛和告密的戏码，更有不少人而大发战争之财，敛财巨富。这在看尽了人世冷暖炎凉的老舍眼中是最为不齿的行为，因此他在信中对妻子胡絜青说明了希望他的孩子们将来能以血汗钱挣饭吃。不在乎他们的具体职业，却须行得正坐得端，干干净净做人，无愧于心。虽远至千里，不能亲自教导，可是寄书传情，老舍仿佛回到了他们的身边，看着院子里的孩子们正在欢快愉悦地玩耍，笑声串串。

自1937年一别，时光在浓重的硝烟中流转，在老舍和胡絜青的身上刻下了战争的苦难，重重的封锁更是像一扇扇紧锁的门将两人阻隔。写这封信的时候是在1941年，当时老舍和胡絜青已经四年未见，薄薄的信纸就似那阴沉晦暗的天空中最闪亮的明星，将彼此孤单的心照亮温暖！

信的末尾，老舍写道："春来了，我的阴暗的卧室已有阳光，桌上还有一支桃花插在曲酒瓶中。"春天已经到了，一室的阳光铺展，桃花开的正好。可是，因为没有家人陪在身边，这份美好静宁又平添了一份落寞。

1942年，老舍的母亲去世了，胡絜青就想去重庆和老舍团

第五章 一生飘零，莫若弗亲

聚，但是当时战火纷飞，很多道路都被敌人占领，还有三个孩子，怎样才能穿过重重关卡和远在他乡的丈夫团聚呢？

幸运总是会降临到那些真挚的人身上，老舍的好友老向出现了，他从重庆赶到北平，专门是为了接他们去重庆和老舍会合，幸好有老向的帮助，解决了路上遇到的很多困难。作为老舍的挚友，老向没有把这件事告诉老舍，想给老舍一个惊喜。在那个时代，友情早已超过生命，特别是革命战友之间的感情。

等到达重庆时，老向才托人去问老舍愿不愿意和家人团聚。得知妻儿要过来，老舍内心激动，但无奈的现实不得不让他给胡絜青去了一封信，说道："我在重庆只是挣点稿费维持生活，你们若来要带着衣服和日用品，我无法预备。"

在老向的帮助下，时隔六年之后，胡絜青带着尚还年幼的三个孩子与十个大行李箱开始了千里团聚之行。离家的那天是1942年9月8日。一路上，胡絜青坐过最便宜的火车、卡车和洋车与帆船，越过重重的封锁，历经途中的艰辛，见惯了血腥残忍的场面，终于在10月28日成功的到达了重庆北碚，此时距她离开北平已经过去了五十多天，一家人经过六年的分别终于团聚在一起。

也许写这封信时，老舍还不能预见他什么时候能与妻儿团聚在一起。他只能在信中一遍遍地叮嘱着妻子，让她照看好孩子们。

烽火连三月,家书抵万金!炮声轰鸣中,远处的云雀捎来心中挂念的人的消息,知他安好,便胜过一切!所谓亲情,也便就是如此吧。

但是本是同林鸟的老舍夫妇之间的考验并没有因此而结束,在后来一场残酷的斗争中,老舍遭受了许多苦难,甚至一度神志失常。回到家后,过了不久,老舍恢复神志,但是一直不说话,这吓坏了胡絜青。但是想到当初结婚时他说过,要是有的时候不说话,并不是不高兴,也许是在构思什么小说。想到这里,胡絜青稍微放宽了点心。

胡絜青把饭端到老舍面前,老舍也没有吃,她知道他是要强的,没想到一把年纪还受到这样的屈辱。胡絜青知道老舍心里苦,虽然他不愿意说话,她便默默地陪在他身边。眼看天黑了,老舍终于开口说话了,他对胡絜青说:"你睡你的,该休息了。"

胡絜青知道这时候他或许需要静静,她走的时候把屋里的剪刀等利器都带走了,她知道他的性格,容易想不开,怕他寻短见。

第二天早上,她到他房间给他清洗伤口,可是他不见了,永远地走了。那天晚上他就离开了,他心里的苦,只有她明白。

老舍一生曾在给妻子的一封信里写下关于子女教育的问题,

他说:"我想,他们不必非入大学不可。我愿自己的儿女能以血汗钱挣饭吃,一个诚实的车夫或工人一定强于一个贪官污吏,你说是不是?"

他希望子女成为正直的人,为社会做出贡献的人,他尊重一切劳动,这就是老舍最可贵的品质。

韦素园致德富：
真诚无伪，面对人生

他是20世纪二三十年代时天空中一颗耀眼的明星，是新文化运动中的力行的实践者，也曾经是鲁迅领导下的"未名社"中的骨干力量……他用自己短暂的人生在新文学上留下了深刻的烙印，他就是韦素园。

"君以一九又二年六月十八日生，一九三二年八月一日卒。呜呼，宏才远志。厄于短年。文苑失英，明者永悼。"这是鲁迅写给韦素园的墓记。短短的碑文，读来却沉痛不已，这大概就是属于韦素园的独特魅力，能让身边的人感觉到一种真挚的亲切和才情，当他离去时便悲痛欲绝。

韦素园又名散国，曾改名"漱园"。安徽霍邱县人，未名社成员，近代作家和翻译家。韦素园早年上过私塾，1913年时开始在新式学堂上学。他的父亲只是个小业主，家庭背景并不强大，1915年，小学毕业的韦素园为了减轻家庭的负担选择不收学费和住宿费的学校读书。

第五章 一生飘零，莫若弗亲

也许很多父母都在尽力为子女创造更好的生活条件、选择更好的学校，但是任何环境对于一个有上进心的孩子都不是阻力，而是动力。韦素园从小虚心好学，多才多艺，能诗会画，是当时有名的才子。

十三岁的韦素园便在校园里出了名，七步便能和诗一首，一次他偶然看到学校鸡冠花开得正鲜艳，便写下一首诗："火红一片文冠屹立不求栽，壁上挺立独自开。抛去世间尘俗气，今朝还与菊争魁。"表明少年韦素园心中的抱负，也说明他希望自己有所作为。小小年纪便器宇不凡。还有一次韦素园画了一幅兰花，他画的兰花很独特，兰叶很长，下垂到兰根部位，韦素园便在旁边做了一首诗："身居高位要临下，英雄不论出身低"，雄心壮志赫然立于纸上。韦素园的品格是高尚的，品德高尚的人大多以兰花自喻。

在师范学校读书的日子，由于家庭条件有限，生活虽然艰苦，但他仍刻苦学习，且胸怀报国之志。有一年的假日，他与几位同学游离叫集五里的胜塔寺，见寺中清游观里塑有赵匡胤手持蟠龙棍的塑像，遂吟诗道："愿借蟠龙棍，摧毁众妖魔，拯救我民众，建立新中国。"读书的目的就是为国家做出一份贡献，否则读再多书又有何用？

1918年春，一直有着爱国思想的韦素园，用尽自己的力量去报效国家，他离开了阜阳第三师范学校，到北京加入了段祺瑞政府，这时俄国十月革命已经爆发，但是在当时除极少数先进分子外，一般人既不知道十月革命的意义，更不了解第一次世界大战帝国主义战争的性质，韦素园在小学和师范学校的时候，常常听到"投笔从戎""马革裹尸"一类的英雄主义教育，因此在爱国热情的影响下，他走上了从军的道路。但不久便识破了段祺瑞参战军队的骗局，毅然离开了部队。

韦素园从小思维敏捷，有着超出同龄人的智慧，他容易接受新事物，因此他在同学中威信很高。当时辛亥革命虽已发生几年，封建残余却没有完全铲除，四处还充满着旧社会的气息，镇上的大人、小孩还大多拖着辫子，在韦素园的倡议下，同学们首先剪辫子，这些没有辫子的少年走在大街上引起不少大人的惊奇。

这些人的惊讶让韦素园更加意识到革命的艰辛，所谓的革命只革了皮毛，并没有深入。所以革命的道路远远比想象中艰难。

明强小学的校址在集镇的旧火神庙，庙宇的一部分变成了教室，但原有的泥塑火神像、文昌老君像都保存了下来，每年还有乡人去进香火，韦素园积极参加推倒泥塑活动，反对封建迷信，后来终于推倒了泥像，明强小学在这场运动中完整保存下来。韦素园对于封建残余抱着必然摧毁的态度，可见强烈的反封建意识在他幼年时期就已形成。

第五章 一生飘零,莫若弗亲

韦素园出生在安徽省霍邱县的一个小商人家庭里,家中共有兄弟四人和一个妹妹。德富就是他其中的一个侄儿,他对这个侄儿很是喜爱,总会不时地在文学方面指导他一二。韦素园性格安静,不喜欢多说话,总是沉默的时候居多,他喜欢静静地思考问题,因而思想总是显得很深邃,这也让他在自己灵动的才情之外又多了一份沉稳。

韦素园外出求学之前,年幼的他就已经有了反叛封建思想的意识。后来随着"洋务运动"的展开,韦素园进入了新式学堂学习,这让他接触到了外界更为广阔的世界和天地。

他努力地学习,希望有朝一日能为国效力,他喜欢吟诵岳飞的《满江红》:"三十功名尘与土,八千里路云和月,莫等闲白了少年头,空悲切……"然而,现实的残酷让他只能醉心文学,用内心的柔软来包容世道的苦难,用手中的笔来抒发心中的情感。既然不能醉卧沙场,那就笑傲文学。

1925年,韦素园结识了鲁迅,能和这位伟大的文人交往成了他当时内心中最大的幸福。他经常旁听鲁迅的课,鲁迅也对韦素园这位得意门生疼爱有加。鲁迅形容韦素园是一个"精瘦,正经的青年",韦素园身体不好,但却有着超人的毅力,能够一心一意投入到文学中。他的专一得到鲁迅的认可,鲁迅向来是欣赏这种有干劲的年轻人。

鲁迅对韦素园的帮助不仅仅体现在生活上还有工作上。韦素园翻译《外套》就得到了鲁迅很大的帮助，鲁迅专门把有疑问的地方标识出来，所费的心思确实不少。

1925年春，在鲁迅的推荐下，韦素园担任《民报》副刊的编辑，终于做上一份自己喜欢的工作。这一年秋天，韦素园和台静农等人在鲁迅的呼吁下组织成立了"未名社"。此后，韦素园将自己生活的重心完全转移到了自己最喜爱的文学上来，他开始不辞辛劳地进行文学翻译和创作。但是长时间的伏案写作让韦素园的身体垮了下去，那时候他还很年轻，病中的他依旧带病工作，而且更加努力地创作，也许此时的他已经意识到自己生命的短暂，不想浪费太多的时光，在有限的生命里为革命去奉献。

韦素园当时的物质生活条件很艰苦，但是他对待工作却是一丝不苟，小小的房间里面堆满了各种稿子，屋里湿气很重，韦素园却埋着头不停地工作，终于积劳成疾，不久后便病倒了，患了肺结核。看到韦素园日渐消瘦，鲁迅心里很难受，比起他的文学成就，鲁迅更关心这位年轻人的身体，鲁迅曾对韦素园说："我想你要首先使身体好起来，倘若技痒，要写字了，至多也只好译译《黄花集》上所载那样的短文。"

但是韦素园的病情并没有好转，鲁迅去看望韦素园的时候，韦素园便让人把病房打扫干净，还让人准备好了饭菜，鲁迅和韦

第五章 一生飘零，莫若弗亲

素园进行了一次长谈。面对恩师，韦素园强撑着体力，表现得若无其事，当鲁迅问着病情，韦素园却回答一切都好。

鲁迅看在眼里，心里却知道韦素园的病情已经加重。鲁迅曾说，这位年轻人的去世会是文学界很大的损失。

1929年的时候，他的病情已经开始恶化，并且早已经住进了北京的西山疗养院接受治疗。但他对文学的一颗炽热之心让他停不下手中的笔，所以他继续工作着。而他对侄儿也放心不下，所以，他忍着病痛写下了这封信。

德富：

　　写给你这首诗，并无深意，而且是旧调子，更不高明，不过你从这里面，可以看出叔叔对你的一番热烈期许之意罢了。

　　我现在要对你说下文。我听说你在家乡曾经恋爱过。来到北平，这种机会也许还有，不过我的意思以为你此刻尚在中学，正是学问打根基的时期，稍一务外，功课就难免不落后。我想你最早也应入了大学后再谈恋爱。

　　而且你须知道，自己的学问不成，在恋爱上也很难有好成就的。这是从消极的一方面说。再从积极一

欲作家书意万重

方面瞧,事实不过是这样,试举出两个古人的例子来以资你的借鉴。这两位一个是圣奥古斯丁。

另一个是诗人但丁。他两个可以代表爱的两个方面。先说但丁罢。他在一般人的眼光中,可以算为高尚而且纯洁的恋爱代表,他是属于"灵爱"。他在八、九岁时,每日到教堂做礼拜,偶然发现了旁座远处有一位少女比他稍长,姿容体态雅丽绝伦。于是他就着了迷,时时刻刻想着她。但事与愿违。以后女郎他适,爱没有结果,很使他苦恼。

之后从他终身著作中,可以看出他常回忆这事。有名的代表作品,便是他的《神曲》。他在这部长诗中叙述地狱、净土和天堂的旅程的情形。第一部叙罪过的人(即他)游地狱;第二部叙古诗人某带他游净土;第三部叙到游天堂颇困难,因为门在锁着。最后看见他九岁时的爱人碧垂丝,拿着一把钥匙替他开了门,引他玩了各胜地——这把钥匙原来就叫"爱"。你须知道他这部诗经历了数百年,普遍了各国度,唤动了每个民族的少女的心,使他们彻底悟了爱的崇高和向上性,因之对他起了无限的景仰和爱意。

说奥古斯丁罢。他在四世纪是一个教徒,应该过

第五章 一生飘零，莫若弗亲

和尚生活。但事情奇怪，他竟于勤修之中，得了一个孩子。这在一般人看来可以算作违法而且卑污的恋爱的代表。俗人也可称之为"肉爱"。但这事情的结果并未损伤他的悟道。他在世纪的文化史上，可以称为教中的第一人，因之人们在他名字前加一"圣"字。我们因此晓得，人不怕有过（或仅是一般俗人所认为的过），但愿在过中能认出"对"来。当觉悟到有错误时，立刻可以以自己的理智作法官，自己的感情不妨权且作为犯人。法官审，犯人答，在长期的不能裁夺判决的时候，人身是成了生命的战场了。但是孩子，不用怕，一次审理之后，生命是刻上了创伤，然而灵魂（亦即精神作用）却受了一次更新的洗涤，从这，人也可以更深地了解善恶的实际的真理。

我以上所说的爱的两方面的话，你可以有思。假如从前曾有过爱的经验，无论它是纯洁的或是卑污的，都可以助成高尚的事业，但唯一的条件是要真诚无伪，面对人生！假如你将来还遇到"爱"时，这些话对于你也许还有些帮助。关于此类书，你可以看《爱的成年》。

我以后打算和你谈以下各问题，时间也许要得一

欲作家书意万重

学期，题目大概是这样：

1. 什么是科学？
2. 什么是艺术？
3. 什么是文化和文明？
4. 人类文化史中四个重要时期。

在第四个题目中我要讲到三个过渡期，也可以说是迫害与斗争期：一个叫作宗教改革运动，一个叫作文艺复兴运动，一个叫作无产阶级运动。

详情以后再说。

盼你好好地用功，课余也要多玩。你同昭野等多罝好处，他比你小，我写给你的信也可以给他看看。

祝你生活愉快！

叔素园
九月六日

奥古斯丁是古罗马帝国时北非的柏柏尔人，西方基督教的哲学家和神学家，曾担任天主教会在阿尔及利亚的希波的主教。因梵蒂冈官方将其称作为希波的奥斯丁，故而又译为圣奥斯丁，俗译奥古斯丁。

在信的正文之前，韦素园写了一首感伤但又充满期望的诗：

第五章 一生飘零，莫若弗亲

"几年病里卧京华，往事已非愿已差。一志未衰犹望尔，百年伟业映支那！"当年多少心愿志向，壮志未酬，如今都已在病痛中消磨殆尽，早已看不到当初的英姿勃发，只余下一声无奈的叹息。这些我当初没有完成的事业和志愿，我多么希望你能勇敢的接过去，把它们进行下去，为振兴中华而努力。

其时，韦素园才不到三十岁，身体是革命的本钱，而他的身体却每况愈下，他似乎早已预感到了自己生命将不久远，他在写给侄儿的信中附上的这首诗，在苍凉沉郁中又含着殷殷的希冀，他对这个自己喜爱的侄儿充满了期待和关怀。

韦素园一生为文学做出了贡献，他的喜怒哀愁几乎都融化在了文学当中。他渴望着能薪火相传、后继有人，在他之后能有人接过他手中的棒子，将他对文学的热爱继续发扬和继承下去。这个人就是他的侄儿德富。在韦素园看来，德富是很有天分的，所以才给他写了这封信。

他希望德富能潜心学习，不要受过多无关的情感影响。当他知道德富在年纪尚小的时候便谈恋爱时，对他温婉地进行了规劝。他没有用长篇的大道理和枯燥的教条来说教，而是用文学的方式来告诉他应该有怎样正确的恋爱态度和恋爱观。

韦素园学贯中西，不论是在中国文学的造诣还是在外国文学的修养上都达到了一个层次。因而，原本应该是责难式的劝导变成了一场有趣且奇妙的文学之旅。细细读来，很容易就沉浸其中，如同春雨般洒入人的心间，在不知不觉中就被他所感染，等读完时反而在内心升起一股意犹未尽的感觉。这不能不说韦素园用心良苦。

因用情至深，所以愿意迁就。为了能让年轻的侄儿从内心里改变此前对恋爱的态度，将自己的重心放到学习上来，韦素园如同一位知心的哥哥般和他平等亲切地交流，没有盛气凌人和蛮横的命令，也没有对他之前的所作所为有任何的指摘与不满，他只是平静地在信中写道："我以上所说的爱的两方面的话，你可以省思。假如从前曾有过爱的经验，无论它是纯洁的或是卑污的，都可以助成高尚的事业，但唯一的条件是要真诚无伪，面对人生！假如你将来还遇到'爱'时，这些话对于你也许还有些帮助。关于此类书，你可以看《爱的成年》。"

他希望侄儿能坦然地面对人生，做一个真诚无伪的人，不论是在情感上还是在生活中。韦素园自己是一个对情感要求很高的人，而同时也是很苛刻的人。但若在事业和感情对立时，他会毫不犹豫地选择自己热爱的文学事业。他曾对朋友说："我在病中意识到，人生就是工作，只有在工作中才能求得真实的快乐和意义。恋爱等等不过是附属品而已。"

韦素园曾经有过两段短暂的情感，都是无疾而终。第一段是

第五章 一生飘零，莫若弗亲

他早年在长沙时，认识了一个漂亮的女孩，虽然两人相互倾慕，但韦素园怕自己无法给女孩承诺未来，便不敢向她表白，而女孩却一直在等他。

一年后，韦素园准备出国之际，再次碰上了那个女孩，女孩知道他即将远离，怕再没机会吐露自己的心声，便将自己心中所想告诉了韦素园。韦素园也和女孩吐露了心声，但是他说，为了自己的事业，他必须出国，他无法向女孩承诺未来。尽管女孩哭泣挽留，希望韦素园回心转意，但韦素园强压下心中的情绪，依然踏上了出国的旅程。

1929年的某一天，韦素园忽然收到了一份期刊，上面刊登了当年那个女孩写的一首诗，回忆历历在目，仿佛那个美丽的身影就在眼前，他想告诉她，他从未忘记她，只是她已嫁做人妇，爱情终归是以一种残酷的方式落下了帷幕。

可能天公故意捉弄，韦素园的第二段感情更显得悲壮。

1922年时，韦素园认识了一个同乡的女孩，后来女孩赴美留学，两人依旧鸿雁传书。1926年时，女孩甚至随信附录十首诗以做定情之用。然而，天不作美，当时的韦素园已然身体变差，出现了咯血的现象，一病不起。

出于对爱情的责任，他害怕辜负对方的心意，毁去对方的幸福，他决定结束这段感情。正是因为爱的深沉，所以便为对方设想得太多，最后将属于自己的爱情推向越来越远的地方。女孩最终另嫁他人，韦素园抱着这两段残缺的爱情度过了自己短暂的一生。

因而在得知侄儿恋爱的情况时，他没有愤怒和指责。他的爱情已经永远地失去了，他知道那种灼烧心脏时的感觉，所以他不愿也不想去就这样责备一个年轻的男孩。但出于对侄儿的关爱，作为长辈他有义务为他指点一条正确的人生道路，这是他给予后辈的关爱。

没有威严的气势，只有和风细雨般的细心叮嘱。韦素园跃然信纸上的形象一如他的为人，温文尔雅、不疾不徐。似乎在他身上看不到太多的情绪波动，只在纸上留下平静的语气和心境。

然而，就是在这看似平淡如水的字里行间却流淌着脉脉温情，那是长辈对晚辈的关爱，也是一个文学大家对未来的青年文学爱好者的殷殷期盼，不动声色间便入骨三分。

在信的结尾，韦素园对侄儿德富做了要求和安排，以考问功课的方式进行。不顾自己的病重之身，还是将教导侄儿的任务揽到了自己的身上，希望有人继承他对文学的热爱。

或许，韦素园是对文学热爱的痴狂了，但更多的却是一种溶于血液中的对侄儿的爱护和喜爱，这种亲人间的日常叮嘱，大概是世间最温暖的情感。

后记
Afterword

  亲情总是最容易被忽视的情感,从小到大,我们习惯了母亲的唠叨,习惯了趴在父亲略显佝偻的脊梁,习惯了那一丝丝剪不断的牵挂,然后把所有的习惯变成了习以为常。

  亲情是流淌在人身上的血液,它安静地存在却又是必不可少的。词条对亲情的解释为"特指亲属之间的那种特殊的感情,不管对方怎样也要对方,无论贫穷或富有,无论健康或疾病,甚至无论善恶。"这种特殊的感情绝不以利益为存在根基,亲情有很多种,父母对子女的养育之情,子女对父母报恩之情,兄弟姐妹之情。这些感情都是血脉相通,伴随着一个人的一生。

  平淡而质朴的亲情,不似爱情般轰轰烈烈,不似友情般出生入死。它更多的是成全,为了子女的前途,父母千里送行,只为多看几眼。

  民国时期通讯不便,人们更多的是用书信来交流,用没有感情的文字来拼凑感情,这是多么的无奈。而战争常常使人分隔两地,甚至终身不见。萧红和弟弟之间的书信被外界阻隔,不知道对方生死的心情，又是多么痛苦。

亲情的相伴后来终于转变成了牵挂，那双布满双茧的手，颤抖地托起信纸，眼里泛着泪光。一封封信传递着子女的平安和成就，算是对两地分隔的一种慰藉。那时候的感情是淳朴的，儿女知道感恩，并把这种对父母的感恩转化成一种动力去报效国家。所以一个国家的胜利，就是许多个家的胜利。

亲情是不需要被歌颂的，它很平凡，以至于生活中处处可见。当母亲为即将离家的孩子点着一盏油灯缝补衣物时，跳动的火苗印在她的眼里，那是一种对未来的憧憬和不舍。当熬夜苦读时，母亲蹑手蹑脚地端来消夜，轻轻地放在桌上，又悄然离去的背影；父亲把钱折好放进孩子的口袋，再无多言的黯然。这种爱就是成全，默默陪伴，毫不干涉你的人生。

少年无知，终无法参透父母之情，而匆忙行走于自己的人生。直到有一天为人父母，才知道曾经的顽劣费了父母不少心思。在外漂泊，感受人世冷暖时才知道亲情最无私。

"父母和子女，是彼此赠予的最佳礼物"，丰子恺曾和子女约定父母对子女的抚养以及子女对父母的报恩全凭自己安心。在这个和平年代，或许我们能做到的就是常回家看看。

亲情不会因为一个人的逝去而消失，它依旧被祭奠、被珍存，它是一个人曾在这个世界走过的最好的证明和最美的回忆。